U0618598

小木屋系列 经典插图版

阿曼佐的约定

The First Four Years

〔美〕劳拉·英格斯·怀德 著

张法云 译

人民文学出版社
PEOPLE'S LITERATURE PUBLISHING HOUSE

图书在版编目(CIP)数据

阿曼佐的约定/(美)劳拉·英格斯·怀德著；张
法云译. —北京：人民文学出版社，2016(2024.3重印)
（小木屋系列：经典插图版）
ISBN 978-7-02-011934-9

Ⅰ.①阿… Ⅱ.①劳… ②张… Ⅲ.①儿童小说-长
篇小说-美国-现代 Ⅳ.①I712.84

中国版本图书馆 CIP 数据核字(2016)第 197227 号

责任编辑：卜艳冰 杨 芹
装帧设计：高静芳

出版发行 人民文学出版社
社 址 北京市朝内大街 166 号
邮政编码 100705

印 刷 山东临沂新华印刷物流集团有限责任公司
经 销 全国新华书店等

开 本 890 毫米×1240 毫米 1/32
印 张 3.75
字 数 60 千字
版 次 2017 年 3 月北京第 1 版
印 次 2024 年 3 月第 6 次印刷

书 号 978-7-02-011934-9
定 价 39.00 元

如有印装质量问题，请与本社图书销售中心调换。电话：010-65233595

从科恩家到小木屋

五代拓荒女孩一览

小木屋开源一代

玛莎·摩尔斯

劳拉的曾外祖母

生于1782年

波士顿小木屋内的女孩

夏洛特·塔克

劳拉的外祖母

生于1809年

西部拓荒精神

卡罗琳·奎那

劳拉的母亲

生于1839年

美国拓荒女孩

劳拉·英格斯

生于1867年

新世纪的拓荒者

玫瑰·怀德

劳拉的女儿

生于1886年

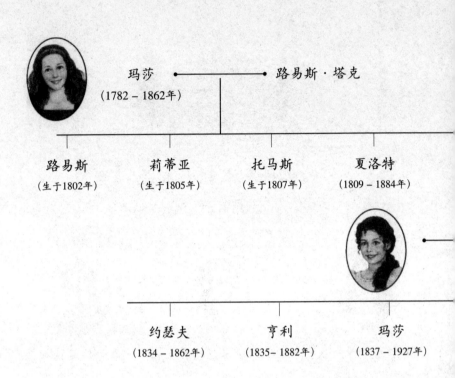

玛莎
(1782 – 1862年) —— 路易斯·塔克

路易斯
(生于1802年)

莉蒂亚
(生于1805年)

托马斯
(生于1807年)

夏洛特
(1809 – 1884年)

约瑟夫
(1834 – 1862年)

亨利
(1835– 1882年)

玛莎
(1837 – 1927年)

玛丽
(1865 – 1928年)

劳拉
(1867 – 1957年)

小木屋族谱

玛丽
（生于1813年）

亨利·奎那
（1807 – 1844年）

卡罗琳
（1839 – 1924年）

伊丽莎
（1842 - 1931年）

托马斯
（1844 – 1903年）

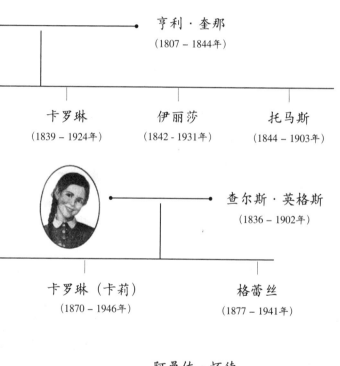

查尔斯·英格斯
（1836 – 1902年）

卡罗琳（卡莉）
（1870 – 1946年）

格蕾丝
（1877 – 1941年）

阿曼佐·怀德
（1857 – 1949年）

玫瑰
（1886 – 1968年）

目 录

引　言

　　本书描写的是继《快乐的金色年华》之后发生的故事，讲述了劳拉和阿曼佐·怀德在婚后头几年的奋斗历程，是劳拉的童年时期八本小说的另一个新篇章。这些故事发生在劳拉日记——《在回家的路上》所述内容之前。这本日记记于1894年，当时他们正乘坐马车从达科塔州前往密苏里州，日记记录的便是这个小家庭的冒险经历。

　　人们在劳拉的遗物中发现了《阿曼佐的约定》（原书名《新婚四年》）的手稿。她是用铅笔写在五美分一本的橙色封面笔记本上的，这些笔记本很久以前购于斯普林菲尔德杂货公司。劳拉也是以同样的方式完成前几本书的初稿的。我猜这本书写于二十世纪四十年代末、阿曼佐去世后，劳拉已无心对其

进行修改、完善或付梓出版。因此，本书的叙述方式与之前几本书有所不同。

这本书讲述了劳拉和阿曼佐的女儿玫瑰的出生及其童年时光。玫瑰是我的挚友，亦是良师。第一次见到玫瑰时，我年纪还很小，后来成了她的律师。此后多年，我们夫妇与玫瑰的关系一直不错。她将此手稿交由我保管，在她去世后，我将手稿寄给哈珀与罗出版公司（哈珀柯林斯的前身）。为了无数读过"小木屋系列"的儿童与成人，以及考虑到玫瑰和劳拉的初衷，我和哈珀的编辑都同意将此书依劳拉在橙色笔记本中写就的初稿原样出版。

玫瑰长大后成了著名的作家，她继承了劳拉的拓荒精神，游历了国内外很多地方，不断探索与冒险。她写了很多关于美国以及阿尔巴尼亚等遥远国度的引人入胜的书籍，成了众所周知的作家。然而，在玫瑰成长起来的那个时代，女性一般无意追求名利，所以玫瑰更喜欢述说他人的故事而忽略了自己的过往，因此，这本关于她和她父母的书在她去世后方得以出版。

玫瑰（结婚后被称为玫瑰·怀德·莱恩太太）过着充实而忙碌的生活。在她母亲去世后，她描述了《在回家的路上》的写作背景。此外，她还写过很多文章投到杂志社，有些发表在《妇女生活》"美国女红"版面。1965年，她被派往越南担任战地记者，此时正值她的最后一本耗时颇久的著作即将出版之际，而她已是七十八岁高龄！玫瑰常年坚持阅读，但凡我提的任何问题，她都能给出精彩见解，无人能出其右。玫瑰八十一岁那年，就在她踏上世界之旅的前一周，她的心脏突然停止了跳动。当时她在康涅狄格州丹伯里的家里，她已在那儿住了三十年。去世前一晚，她还为朋友烤了拿手的面包，然后坐着与他们聊天，相谈甚欢。

然而，在《阿曼佐的约定》和《在回家的路上》之后的故事，也就是劳拉、阿曼佐和玫瑰到达"大红苹果之乡"之后，又发生了什么呢？

在欧扎克山脉中，阿曼佐精心打造了一幢迷人的乡村屋舍，劳拉后来把这片土地叫作罗基里奇农场。他们在此长期居住、耕种，过得非常快乐，直到阿曼佐和劳拉分别于1949年九十二岁和1957年九十岁去世。他们的房子盖得很坚固，多年后，来到密苏里州曼斯菲尔德的人们仍有幸可以看到这个快乐之家——房子的石烟囱、阿曼佐亲手做的许多家具，还有许多其他宝贝。爸爸的小提琴、玛丽的风琴、劳拉那可爱的针线

盒以及玫瑰的一些物品都在那儿。罗基里奇农场现已成为永久性非营利展览馆。馆长对怀德一家的事了如指掌，如果你到了那里，他会带你四处参观，并告诉你一些"小木屋系列"小说里没有提到的细节，你会对劳拉、阿曼佐和玫瑰有更多的了解。

我们了解并非常珍惜劳拉书中人物的性格及精神品质。这些品质已融入我们的生活，使其变得更加有意义。我们都希望能够看到更多劳拉的故事，然而，即使事与愿违，也仍然希望我们能以劳拉为榜样，活出属于自己的精彩。

罗杰·利·麦克布赖德

于弗吉尼亚州夏洛茨维尔

1970 年 7 月

序 言

辽阔的大草原上，星空低垂，群星闪耀。星光洒在这片起伏的土地上，隆起的地方明亮可见，而凹陷处则蒙上了更深的阴影。

一对脚步轻快的黑马拉着一辆轻型马车，沿着草地上若隐若现的小径疾速前行。马车并未支起顶篷，星光柔和地照在赶车人模糊的黑色身影上，他的身旁坐着一个白衣人，他们的身影倒映在野草簇拥的银湖水波里。

路旁生长着大片的野玫瑰，披着露水的野玫瑰散发出浓烈的芬芳，把夜色渲染得更加撩人。

马车一路前行，甜美的女低音轻柔地从空中升起，似乎满天星斗、银色湖水和草原玫瑰都在屏息静听。啊，这歌声不正是在歌颂它们吗——

星光闪耀，星光闪耀，

白昼已逝，夜露渐浓，

夜莺对着玫瑰，

吟唱最后一首情歌；

在这寂静晴朗的夏夜，

微风轻轻吹拂，

拂过我们灿烂美好的家园，

我们将悄然辞行。

湖面银光闪闪，

在大海边上潺潺絮语，

星光闪耀，星光闪耀，

我们将四处游荡，多么自由和快乐。

时值六月，野玫瑰开满了大草原，风已于日落时分停息，美好的夜晚一片静谧，情人们正身处他乡寂静的夜色中。

第一年：劳拉的新婚

这是一个炎热的下午，狂风从南面吹来。而1885年的时候，达科塔州大草原上没人会在乎这里的烈日或狂风，它们不过是正常的自然现象。矫健轻盈的马儿拉着顶篷乌黑锃亮的轻型马车出现在皮尔森家的谷仓拐角处，从主街尽头转入乡村马路。此时是周一下午四点的光景。

马车距离劳拉家的低矮宅地棚屋只有半英里①时，劳拉透过窗户看到了他们，当时她正在将细纺的里衬疏缝到黑色羊绒长裙的紧身上衣上。她刚匆忙戴上帽子和手套，棕色的马儿和

---

① 1英里大约等于1.6千米。

马车就已经停在了门口。

一棵棵纤细稚嫩的三叶杨在院子四周围成一个正方形，劳拉站在简陋的棚屋门前，脚下是八月的棕色草地，构成了一幅美丽的画面。

她的粉色裙子上有草坪、小树枝和蓝色花朵的图案，裙摆下露出脚趾。这是一条蓬开的长袖细腰紧身裙。腰部紧窄，领口较高，高领的中间部位缀以少许蕾丝作为装饰。她戴着灰绿色草帽，露出棕色刘海，草帽的里衬为蓝色丝绸，完美地映衬了她那粉红色的两颊和蓝色的大眼睛。

阿曼佐什么也没说，他扶劳拉上了马车，仔细地帮她把腿边的亚麻布袍子塞好，以防尘土粘到她的裙子上。然后，他拉紧缰绳，在这工作日下午带着她奔赴一场意想不到的马车之旅。他们在大草原上一路向南，驾车十二英里到达了亨利湖和汤姆森湖，沿着中间生长着野樱桃和野葡萄的狭窄陆地前行。然后继续向东北方向行驶，前往距此十五英里的斯普利特湖。他们总共驾车跑了四五十英里，总是会绕一圈再回到家里。

他们支起了马车顶篷，以遮挡烈日。马儿的鬃毛和尾巴在风中飘扬，长腿大野兔东奔西跑，草原榛鸡一头蹿入草丛，不见了踪影。条纹囊地鼠躲入洞中，野鸭在他们头顶从一个湖飞向另一个湖。阿曼佐打破长长的沉默，说道："我们能不能马上结婚？如果你不想要盛大的婚礼，我们可以马上结婚，只要你愿意。去年冬天我在明尼苏达州时，我姐姐已经在计划为我们举办一场盛大的教堂婚礼了。我告诉她我们不想办得这么隆重，劝她放弃这个念头，但是她仍然一意孤行。她正和我母亲赶过来为我们操办婚礼。但是，马上就要开始收割了，我会特别忙，而且我希望我们能够先安定下来。"

劳拉将镶有珍珠和石榴石的金戒指在左手食指上不停转动。这戒指真美，她喜欢戴着它，但是……"我在想，"她说，"我不想嫁给一个农民。我也一直是这么说的。我真希望你能做点别的。现在小镇刚开始发展，百业待兴，所以会有很多机会的。"

他们再次陷入短暂的沉默。不久，阿曼佐开口问道："你为什么不愿意嫁给农民？"劳拉回答："因为对女人而言，农场的环境太艰苦了。有那么多家务事要做，还要帮忙收割、打谷、做饭。此外，农民永远都不会变得富有。他们永远都赚不到钱，因为镇上的人总是以低价从他们手里买走他们的东西，而又以高价卖给他们一些生活必需品。这不公平。"

阿曼佐大笑起来，说："正像爱尔兰人所说的，'这世上的一切都是公平的。富人在夏天得到冰，而穷人在冬天得到冰'。"

劳拉不想开玩笑。她说道："我不想一直过贫穷的日子，每天辛勤工作，而镇上的人却能轻易获取我们的劳动成果，还赚光我们的钱。"

"但你这样想完全错了，"阿曼佐严肃地告诉她，"农民才是真正独立的人。如果农民不再与商人交易，商人能维持多久呢？所以他们也得让农民满意才行。为了赚到更多钱，他们必须和别人去争抢交易机会；而农民如果想赚多一点，他只需耕种更多的土地就行。

"今年，我种了五十英亩①小麦，这对我来说已经足够了。但是，如果你要住到农场里来，今年秋天我会再开垦一些土地，明年春天再多种五十英亩。

"我也可以种更多燕麦，养更多马匹，养马的收入很高。

"你看，在农场里，要做什么完全取决于农民自己。如果他勤勉工作，把农场照料好，那么他就可以比镇上的人赚得更多，并且凡事都可以自己做主。"

劳拉仍然心存疑虑，所以他们又陷入沉默。最终还是阿曼佐充当破冰者，说道："如果你愿意给我三年时间尝试一下，而

---

① 1英亩大约等于4000平方米。

我在这三年内没能成功，那么我愿意放弃，你让我做什么，我就做什么。我保证，三年后如果你不想再继续下去，我们就放弃农耕。"

劳拉同意了阿曼佐的三年之约。她喜欢这些马儿，也喜欢辽阔宽广的大草原上自由自在的感觉。风亘古不变地吹过沼泽地里的野草，掀起阵阵波浪；风拂过短而蜷曲的野牛草，沙沙作响。春天时草原高地上一片碧绿，夏天时则呈现出一派银灰色和棕色景象。一切都是如此清新美好。初春时节，草原洼地里紫罗兰盛开，就像铺上了一层美丽的地毯，芳香扑鼻；而到了六月，草原已是野玫瑰遍地。这样肥沃的黑土地，将有一半，也就是两片一百六十英亩的领地属于他们，因为阿曼佐已经登记了一块宅地，此外，他还登记了一块树林领地，并根据法律要求种了十英亩树以得到产权。阿曼佐总共种了三千四百零五棵树，每棵树之间相隔八英尺[①]。两片领地之间是学校用地，任何人都可以割走这里的干草，先到先得。

比起住宅鳞次栉比的镇上街道，住在领地上要快乐得多，当然，也要阿曼佐真的能成为自己的主人才行——不管怎样，

---

① 1英尺大约等于0.3米。

她已经答应尝试农耕生活。

"树林领地里的房子再过几周就建好了，"阿曼佐说，"我们下周就结婚吧。下周是八月的最后一周，农忙也还没开始。我们直接赶着马车到布朗牧师家结婚，然后就搬进我们的新家。"

但是劳拉没有同意，因为她要到十月才能拿到上个月教书的工资，她需要用这笔钱来购置结婚礼服。

"你现在的衣服不是很好吗？"阿曼佐问道，"你一直都很美，而且如果我们马上结婚，并不需要另外置办精美的衣服。"

"如果我们不抓紧时间，我的母亲和姐妹们便从东部赶来了，到时我们就不得不在教堂举办盛大的婚礼。我没有这么多钱，你那一个月的教书工资也远远不够。"

听到阿曼佐这么说，劳拉感到很惊讶，她从未想到过这些。东部的人似乎从来不会认真制定计划，但她猛然想起阿曼佐远在明尼苏达州东部的亲戚们非常富有，其中一个姐姐还在附近登记了一处宅地。他们如果知道了婚礼日期，肯定会赶过来，阿曼佐的母亲在上次的信中也问到了这件事。

她不能再要求爸爸为她的婚礼花钱了。爸爸正在艰难地维持着家庭生计，等待着他们那一百六十英亩的荒地上能有所收获。刚翻过的草皮，第一年不能指望有多少收成，他的田地也是刚刚开垦。

似乎没有比马上结婚更好的办法了，这可以让阿曼佐在秋收来临之前拥有自己的家庭，然后全力投入秋收工作。这样，阿曼佐的妈妈也会理解，不至于觉得不舒服。邻居和朋友们也会认为这样非常明智，因为他们都面临着同样的困境——试图在这大草原上建立自己的家园。

因此，8月25日周四上午十点，棕色马儿拉着装有闪亮顶篷的轻型马车出现在皮尔森家谷仓的拐角，马儿脚步轻快，很快走完了最后半英里，停在了劳拉家的小屋门口，小屋四周是围成方形的三叶杨。

劳拉站在门口，爸爸妈妈站在另一边，而她的两个妹妹则拥在她身后。

一家人都很快乐，扶劳拉上了马车。她的结婚礼服是那件新的黑色羊毛长裙。她觉得这件衣服特别有用，已婚女人都需要一件像样的黑色长裙。

她的其他衣物和一些少女时代的宝贝已装在一个大衣箱里送到了阿曼佐的新房子中。

劳拉回头看时，爸爸、妈妈、卡莉和格蕾丝都聚集在小树周围。他们送上飞吻并不停招手。三叶杨明快的绿色叶片在午

后劲风中摇曳，仿佛在对劳拉说着再见，她看到妈妈抹了一下眼角，不禁一阵哽咽。

阿曼佐理解劳拉此时的心情，他抓住劳拉的手并紧紧握着。

牧师的宅地距离劳拉家两英里，她觉得这是她这辈子最长的旅程，而这段旅程却结束得太快。他们一进入前室，便马上举行了婚礼。布朗先生匆匆走入，披上了外衣。他的妻子、女儿艾达（劳拉的挚友）和她的未婚夫是他们的证婚人。

劳拉和阿曼佐结婚了，无论境遇好坏，不管贫穷还是富贵，都要相守一生。

他们回到父母家中吃午饭，得到了家人的美好祝福。告别后，他们再次上了马车，前往小镇另一侧的新家。新婚第一年就这样开始了。

第一天的早晨，夏日的风轻柔地吹过，明媚的阳光从东面的窗户照射进来。因为阿曼佐必须准时赶到韦勃家打谷脱粒，所以他们很早便吃早饭了。所有的邻居都会去帮忙，而且没人会迟到。这样，之后轮到自家麦子脱粒时，韦勃先生也会和其他打谷的人来帮忙干一天活。所以，他们在新家的第一顿早饭吃得很匆忙。阿曼佐驾着棕色马儿拉着运木材的马车出门了，留下劳拉独自度过新婚后的第一天。

劳拉打算把新家收拾一下，因此有许多事要做，这注定会是非常忙碌的一天。

劳拉以女主人的眼光环顾四周，感到非常自豪。

首先是这间厨房—餐室—起居室三合一的房间，布局几近完美，再配上精巧的家具，因此能够满足所有需求。

房间东北角的前门敞开着，正对着外面马蹄铁形状的车道。这扇门往南一点是东面的窗户，早晨的阳光由此射入屋内。另一扇明亮的窗户位于南墙中央。

带有活动翻板的桌子靠着西墙摆放，翻板的一侧支了起来，而对面则放了一把椅子。桌上铺着妈妈送的红白相间的桌布，桌上还放着吃剩的早餐。位于桌子尽头处的那扇门通向耳屋，阿曼佐用来做饭的炉子便放着那里，墙上挂着茶壶和煎锅。此外，还有向南开的窗户和后门。

转过拐角，位于这扇门和耳屋之间的是通向食物储藏室的门。这间食物储藏室真是太棒啦！劳拉喜出望外。她在门廊里足足站了几分钟，细细欣赏着眼前的这一切。这是一间狭长的储藏室。她正对着的房间尽头装有一面大窗户，窗外种着一棵三叶杨，娇小的绿色叶片在晨风中摇摆。

视线回到室内，大窗户下安放着一个宽阔的操作台，高度

正合适。右手边的墙上是一个长长的木板条，上面钉有一排钉子，可以用来挂洗碗盆、抹布、滤锅以及其他厨房用具。

而左手边的墙上则安放了一列精美的橱柜。阿曼佐找来了一位老木匠，尽管他年纪大了，做事也比较慢，但是手艺不凡，食物储藏室便是他的杰作，同时，这也体现了他对阿曼佐的关爱。

橱柜占了整整一面墙。最上面的隔板离天花板很近，自上而下，隔板之间的空间越来越大，最下方的隔板上可以放置大水罐以及其他碟子。最底下一排的隔板下方有一排抽屉，做工精美，安装得也很考究，简直就像是买来的家具一样。较大的那个大抽屉可以用来放置烘焙面包。有一个抽屉里放着一整袋雪白的面粉，一个较小的抽屉里则放着全麦粉，另一个放着玉米面；一个较浅的大抽屉用来放口袋；还有另外两个抽屉里放满了白糖和红糖。当然，还有一个抽屉用来放阿曼佐的新婚礼物——银制刀叉和勺子。劳拉感到非常自豪。抽屉下面放着石制饼干罐、甜甜圈罐和猪油罐，还有高大的石制搅乳器和奶油搅拌器。现在只有爸爸送给他们的那头浅黄褐色小母牛能产奶，因此，这个搅乳器显得太大了，但是，等阿曼佐的奶牛长大后，他们就会有更多的奶油了。

食物储藏室地板的中央位置有一个圆环，拉起这个圆环便可以打开地窖的活动板门。

卧室的门就在前门拐角处。床尾的墙上钉有高高的架子，可以用来挂帽子。帘子从架子边缘一直垂到铺着地毯的地板上，帘子后面的墙上钉有挂衣服的钩子。

前室和食物储藏室的松木地板涂刷成亮黄色，小屋所有墙壁都涂上了白色石灰。所有的松木家具犹如缎子一般光滑，表面都只是涂了油、上了清漆，以自然的本色示人。

劳拉心想，这幢明亮的小木屋是属于他们的，这一切都是属于阿曼佐和她的。

他们的房子建在树林领地里，他们期待着小树苗能够苗壮成长。阿曼佐和劳拉已经开始想象他们的小屋周围绿树环绕的景象：有美丽的三叶杨，还有路边的榆树和枫树，美不胜收。生机勃勃的小树苗围成一个半圆，整齐地排列在门前的车道边。它们在空中彼此依偎，随风摇曳。当然，如果照料得好，它们不久便能亭亭如盖，夏日为小屋带来阴凉，冬天为小屋抵御严寒和冷风！但是，劳拉还有很多活要干，现在不是闲站在食物储藏室做白日梦、看三叶杨随风摆动的时候。她迅速地收拾完早餐桌。桌子离井井有条的食物储藏室仅一步之隔，方便她快速将脏碟子放进窗前操作台上的洗碗盆里。炉子上的茶壶也伸

手可及。不一会儿，所有东西都已光洁如新，井然有序，然后她随手关上了食物储藏室的门。

劳拉用法兰绒将炉子擦亮，把地扫干净，将桌子的活动翻板翻下来，并用一块大红桌布盖在上方。桌布的饰边非常漂亮，铺上后，这张桌子也成了前室内一件精致的装饰物。

东面窗户与南面窗户间的角落里放着一张桌子，一边是一把舒适的扶手椅，一边是一把小摇椅。头顶天花板上吊着一盏玻璃灯，周边的垂饰闪闪发光。这是房间内的起居室，小桌上如果能再摆上斯科特和丁尼生①的诗集，那就太完美了。她打算拿些罐子种上天竺葵摆在窗台上，那画面一定很美。

但是首先必须把窗户擦洗干净。建房时，窗户溅上了石灰和油漆。劳拉是多么痛恨擦洗窗户啊！

就在这时，有人轻轻敲了纱门，来者是附近农场的女佣海蒂。阿曼佐在前去打谷的路上曾在海蒂那儿稍作停留，请她空了来帮他们家擦洗窗户。

所以窗户就交给海蒂了，而劳拉则整理了卧室，并把她的大衣箱中的物品摆放就位。她的帽子挂在了架子上，结婚礼服

---

① 斯科特，英国17世纪末的诗人和小说家；丁尼生，英国19世纪的著名诗人。

挂在了帘子后的挂钩上。

需要挂起来的裙子只有几件：尽管浅黄褐色带黑色条纹的丝绸裙和那件棕色府绸裙穿过许多次，但它们看起来还像新的一样。还有那条粉色的裙子，上面带有草坪和蓝色花朵的图案。这个夏天即将过去，天气慢慢转凉，最多只能再穿一到两次了。另一件是她的灰色工作裙，可以和身上的蓝色工作裙换着穿。

她那件去年冬天的大衣挂在阿曼佐的大衣边上，看上去很不错。冬天马上要到了，有这件大衣就足够了。她不希望刚结婚就让阿曼佐花太多钱。她想帮他一起证明农耕并不比其他职业差。他们的小屋非常可爱，比住在镇上好多了。

她希望阿曼佐说的是对的。她喃喃自语道："这个世上一切都是公平的。"脸上露出了笑容。

打谷的工作一直要到天光褪尽才会结束，所以阿曼佐很晚才到家。他做完杂务进门后，晚饭已摆在桌上，他们一起吃了晚饭。阿曼佐告诉劳拉，打谷的人明天过来，中午要留在这里吃饭。

这将是他们在新家的第一顿正式午餐，她将为打谷的人准备饭菜。阿曼佐想鼓励她，于是说道："你很快就会适应的。现在开始学正合适。"

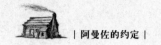

劳拉从未做过农民的女儿，她一直随着家人四处迁徙，每次新住处还没发展巩固，就不得不搬往另一个地方，极富拓荒精神，所以，想到要为一大群打谷的人准备饭菜，劳拉还是有点心慌。然而，既然她选择了做农民的妻子，这项工作便不可避免。

所以，第二天一大早，劳拉就开始为午餐做准备了。她买了分量十足的烘焙面包和热的玉米面包。猪肉和土豆就在手边，还有她前一晚开始浸泡的菜豆。花园里有一株食用大黄；她还得做一些馅饼。上午的时光一晃而逝，打谷的人中午来到他们家时，饭菜已摆放上桌。

饭桌位于房间的中央，为了坐下更多人，劳拉已将两边的活动翻板支起，但即使如此，还是有一部分人得等到下一批再吃。他们都已饥肠辘辘，但食物完全够，唯有豆子做得不太好。劳拉不如妈妈有经验，这次的豆子没有煮烂，吃上去还很硬。再来看看馅饼吧——劳拉父母的邻居佩里先生首先尝了一块，然后他掀开上面的硬饼皮，拿起糖罐，往他的馅饼上撒了很多糖。"我觉得这样吃馅饼挺好的，"他说道，"如果馅饼里不放糖，那么每个人可以依据自己的口味往上面加糖，这样厨师也不用发愁了。"

有佩里先生在，午餐时光充满了欢声笑语。他对大家讲了他在宾夕法尼亚州的童年故事。他的母亲总是用五颗豆子和一大壶水煮一锅豆子汤。吃完面包后，如果他们想要吃豆子，就必须脱了外套大捞特捞才行。大家笑着，聊着，所有人都非常友好。劳拉想到她那没煮烂的豆子以及完全没放糖的馅饼，感到很尴尬。她做馅饼时太匆忙了，但怎能如此大意呢？食用大黄太酸了，吃第一口时肯定糟糕极了。

今年他们的小麦产量非常低，每英亩地只收了十蒲式耳，每蒲式耳的价格是五十美分。小麦太干了，而且价格不高。而燕麦地的产量还不错，马儿的口粮有着落了，而且还能剩下一些。他们有了大堆大堆的干草，足够供养他们的牛马，还可以把多余的一些拿去卖。

阿曼佐非常高兴，已经开始规划下一年的事情了。他下定决心要将地产扩大一倍，甚至更多，因此他急着开始秋耕和开垦新的草地。由于树林领地上没有建谷仓，他们便将麦种放在宅地上的棚屋内。其余的小麦都已经卖掉了。

现在，日子过得既忙碌又幸福。阿曼佐一早便到田间耕作，劳拉也是一天忙到晚：煮饭、烘焙、搅乳、打扫、洗衣、熨烫、缝补。她体型瘦小，洗衣和熨烫的工作对她来说很困难，好在她的力气比较大，因此也都做完了。下午，她总是换上干净的裙子坐在起居室，或者缝补衣物，或者为阿曼佐织袜子。

周日，他们会驾着马车出去玩，马儿沿着草原小径一路小跑，劳拉和阿曼佐会唱起他们在歌唱学校里学的老歌。他们最爱这首《别离开农场，男孩们》：

> 你说起澳大利亚的矿产，
>
> 没错，那儿无疑有着巨大的财富；
>
> 但是啊，农场上有金子呢，男孩们——
>
> 只要你们能把它挖出来。
>
> （合唱）
>
> 不要急着走！
>
> 不要急着走！
>
> 最好再给这老农场一点时间，
>
> 不要急着走！

劳拉想到宅地棚屋内金黄色的小麦，内心充满喜悦。

最近，他们驾车出行都不会走太远，因为耕作的活儿对于思琪普和巴纳姆这两匹脚步轻快的驾车马儿来说非常沉重。

阿曼佐说它们还太小，不能全靠它们来开垦新耕地。有一天，阿曼佐从镇上带回了两匹高大的马儿，他把它们拴在马车的后面，它们身后则拉着一副崭新的畜力牵引犁。阿曼佐说现在可以用四匹马来拉犁了，这样，明年就可以在这片开垦出来的土地上播种了。这两匹马的主人急于卖掉它们离开此地，因此价格很实惠。他将宅地转让给了一个从东部过来的人，自己打算继续往西部进发，重新向政府登记一片宅地。

这副畜力牵引犁的价格是五十五美元，阿曼佐只支付了一半，并写了一张欠条，剩下的钱可以等到明年再付清。这副新犁可以在坚硬的草地上开出十六英寸宽的沟，还可以用来开垦阿曼佐打算种庄稼的另一块土地，他无须再扶着狭窄的步行犁，而是可以坐在新犁上，这样要省力得多。

此后，劳拉早上会到外面帮忙将四匹马逐一套到犁上。她学会了如何驾驭它们和使用新犁，有时，她还会在田里犁上几回地，她觉得这非常有趣。

不久，阿曼佐又从镇上带回一匹铁青色马驹。"看，"他对劳拉说，"这是你的新伙伴，别再对我抱怨说你爸爸不许你骑他的马了。这匹小母马性情温和，它不会伤害你的。"

劳拉看着这匹马驹，心里非常喜欢，说道："就叫它丘克斯吧。"丘克斯的蹄子很小，腿部平滑、健美。它的头也不大，鼻子呈粉红色，非常精致，双耳高高竖起，甚是警觉的样子。它的大眼睛忽闪忽闪，眼神温和，鬃毛和马尾又长又密。晚餐后，劳拉第一次从新家去镇上，从蒙哥马利·沃德公司①的产品目录中选中了一副马鞍，并下了订单。她迫不及待地想早点拿到马鞍，为了让等待的时间过得快一点，她没事就和丘克斯培养感情。马鞍是棕褐色的，完全采用皮革制成，还缝有镍制装饰物，精美无比。

"现在，"阿曼佐说道，"我把马鞍放到丘克斯身上，让它慢慢学习起来。虽然它从没被人骑过，但我保证它会很温和。不过，你最好还是让它往已经犁过的田里跑。它在那里跑不快，而且土壤松软，即使你摔下来，也不会受伤。"劳拉稳稳地坐在马鞍上，左脚踩在马镫里，右膝位于马鞍角上方，与鞍座的弧度贴合得非常好。一切就绪后，阿曼佐放开了手里的缰绳，劳拉骑着丘克斯驶向了犁过的土地。丘克斯的表现非常好，即使劳拉的裙子迎风飘扬让它感到害怕，它也尽可能克制自己。劳拉没有摔下来，日复一日，她们之间越来越默契。

时至深秋，晚上已经开始结霜，土地很快将会冻结。另外，

---

① 蒙哥马利·沃德公司，美国著名的百货零售商。

五十英亩土地也已差不多开垦完毕。他们周日下午不再驾马车出去玩。思琪普和巴纳姆很辛苦，所以需要多多休息。阿曼佐也有了一匹马驹名叫飞，它和丘克斯都不需要干活，随时可以出去，因此，劳拉和阿曼佐会一起骑马到很远的地方玩。劳拉和丘克斯学会了跳狐步和大步慢跑。丘克斯大步一跨，他们便从路边跨过车辙，踏上草地，再跳一下，又跨过另一条车辙。丘克斯健步如飞。

有一天，他们沿着一条路大步慢跑，阿曼佐说："对啦！丘克斯可以跳跃，速度很快，但是飞可以把它甩远。"说完，飞开始跑。劳拉俯下上身，贴近丘克斯的脖子，用马鞭碰了碰它，并使出浑身解数模仿牛仔的吆喝。丘克斯向前疾驰而去，将飞甩在了身后。劳拉费了九牛二虎之力才使它停下，而自己早已上气不接下气。此时，阿曼佐也赶了上来。虽然对丘克斯突然飞奔出去表示抗议，却仍然说道："丘克斯告诉我，它要尽情地跑个够呢。"

此后也屡次证明，跑得更快的是丘克斯，他们早餐前经常要在开阔的大草原上跑上二十英里。

这对劳拉和阿曼佐两人来说真是一段无忧无虑的快乐时光，他们每天想做什么就做什么。

当然，劳拉也会时不时地想到庄稼还又矮又小，于是有点担心。又有一次，她甚至精打细算地省下一些奶油，并将一罐新鲜黄油拿到镇上去卖，心想可以帮助阿曼佐支付购买杂货的钱。除了黄油，她还送去了六十个鸡蛋，他们的那群小母鸡散养在畜棚里、草堆周围以及田里，下了很多蛋。

然而，阿曼佐却把那罐黄油带了回来。镇上没有一家商店愿意买，六十个鸡蛋也仅卖了二十五美分。劳拉这样根本帮不上忙。但是，为什么要担心呢？阿曼佐一点都不担心。

土地开垦完毕后，他将屋后的干草畜棚整理得更加舒适，以此准备过冬。贴着棚边的基木，堆满了压得紧实的干草，牲口待在里面非常暖和。甚至房顶上也堆了干草，在屋檐处堆了约有四英尺厚，屋脊处则更厚一些，这样可以保证充分的斜度，雨水能够顺势往下流。

阿曼佐用一把长长的割草刀在畜棚南侧的干草垛上割出了两个洞。然后，他在这两个地方都装了窗户，他说这样即使关上门，里面也能照到光。

畜棚弄好之后，便到了宰杀牲口的时间。

然而，奥利·拉尔森这位住在路对面的邻居已经领先了他们一步。拉尔森先生总是向他们借东西。这也引起了阿曼佐和劳拉之间的不和，因为拉尔森总会把他们的工具和机器用坏，而且从不主动归还，因此劳拉不愿意把东西借给他。当她看到阿曼佐走向奥利·拉尔森家的田地尽头取回一些机器的时候，她很生气，但是，阿曼佐说必须睦邻友好才行。

所以，拉尔森先生过来借烫猪的大桶时，劳拉还是借给他了。阿曼佐去了镇上，但她知道他肯定会借的。

几分钟后，拉尔森先生又来了，这次是借那口大锅去烧烫猪的热水。一会儿，他又来借杀猪刀，然后又是磨刀石。劳拉对此很厌恶，心想，如果他过会儿再来借他们的肥猪去杀，她也会给他。幸好，拉尔森家有一头猪。

拉尔森杀完猪后，也没有送一丁半点儿猪肉给他们以示感谢，完全没个好邻居的样子。

几天后，阿曼佐也把他们养的那头肥猪给宰了。劳拉第一次一个人灌香肠、做猪头肉冻、熬猪油。她把猪的腿肉、肩头肉和带肉肋骨放在耳屋里冷藏，肥肉则放在小桶里腌制。

劳拉发现，自己一个人做事和帮妈妈做事完全不是一回事。然而，这是她的工作，不得不做。她讨厌热猪油的味道，看着这么多生猪肉，也完全让她没了胃口。

一直拖到现在，学校主任才把劳拉最后一个月教书的工资付给她。劳拉感觉自己一下子富有了，她开始考虑要怎么来花这笔钱。阿曼佐说，如果她买匹小马驹，等它长大了再卖出去，就很快能将这笔钱翻一番。于是他们便这样决定了，阿曼佐买回一匹两岁大的小马驹，卖家说这匹马一定能长得很壮。

劳拉还给小马取了名字。只不过，很快就会把它给卖了，又何必多此一举呢？为了让它快点长，劳拉给它喂食、刷洗，精心照料它。

有一天，狂风大作，阿曼佐一早便出门去了镇上，留下劳拉一个人，形单影只。她已习惯了独自待在家里，并不觉得有什么不好。但是，今天风太大、天太冷了，她没有去打开前门，门还是锁着的。劳拉一直忙着做事，上午已过半晌，她从前面的窗户看到大草原上有一小队骑马的人正从东南方向过来。他们没有沿着道路走，劳拉感到很奇怪。等到距离近了，她看到总共有五个骑马的人，都是印第安人。

劳拉经常看到印第安人，所以并不觉得害怕，但是，当他们来到屋前，门也不敲，直接想要强行开门时，她一下子感到心跳加速。幸亏门是锁着的，于是她迅速跑到后面，锁上了后门。

果然，印第安人绕到后门，想要将其打开。他们从窗户里看到了劳拉，做了个手势让她开门，并表示他们不会伤害她。

但是劳拉摇了摇头，让他们走开。也可能他们只是想找些东西吃，但这种情况下没人能说得清。就在三年前，印第安人差点在西面一点的地方开战，即使现在他们也经常到铁路营区去骚扰那里的人。

劳拉坚决不开门，一直看着他们。他们聚在一处，说着含糊不清的话。她一个字也听不懂，害怕极了。他们没有立刻行动，但为什么又不走呢！

他们向畜棚走去了——她的新马鞍就挂在那里呢，还有丘克斯也在那儿……丘克斯！那可是她的宠物兼伙伴啊！

劳拉很害怕。待在屋子里相对安全，因为他们没法进来。但是劳拉非常生气，她像往常一样，立刻行动了。她猛得把门打开，跑到畜棚门口，站在那里，命令印第安人出去。其中一个人正在摸她那副漂亮的皮革马鞍，另一个人正待在丘克斯的畜栏内。丘克斯看上去也吓坏了。向来不喜欢陌生人的它扯着自己的缰绳，浑身颤抖。

其他印第安人正在摆弄阿曼佐的马鞍和那副带有亮闪闪的镍制装饰物的马具。这时，他们都来到了门口，聚在劳拉周围。她对着他们破口大骂，不停地跺脚。她没有戴帽子，棕色的长辫子已经被风吹散。而她那双蓝色的眼睛变成了紫色，似乎冒

着火，就像她平时生气或非常兴奋的时候那样。

这些印第安人盯着她看了一会儿。其中一个人咕噜着说了声什么，然后抓住了劳拉的手臂。劳拉使尽全身力气以迅雷不及掩耳之势扇了他一耳光。

这一举动激怒了这个印第安人，他一脸愤怒地转向劳拉，他的同伴们都在笑，其中看着像首领的那个人制止了他。然后，这个首领用手势指指他自己和他的马，又将手臂向西挥了一下，说道："你、我、走，做我女人？"

劳拉直摇头，又急得跺脚，打手势让他们骑上他们自己的马快离开这里。

他们真的走了，骑着自己的马，什么都没有带走。

但就在他们离开时，他们的首领转过头来看了一眼劳拉。她站在那里，看着这群人在大草原上一路向西而去，风吹动着她的裙摆，辫子也在随风飘扬。

野鹅向南飞去。白天，无数野鹅排着 V 字形队伍从天空中飞过，前呼后应，满世界都充斥着它们的叫声，响彻白天黑夜，似乎有无穷无尽的野鹅要赶在寒冬来临前迁徙。

劳拉喜欢看着它们在高高的天空中飞翔。它们排成或大或小的完美的 V 字形，领队飞在最前面，众鹅跟在后面，一边飞，一边嘶叫。她爱听它们那干脆、响亮的叫声，充满了野性和自由的意味，尤其是夜幕降临后，野鹅的叫声在黑暗中更显得孤独、狂野，似乎散发着某种难以抗拒的魔力，劳拉真希望自己也能有双翅膀，随它们一同飞去。

阿曼佐说："有句老话说'野鹅在高空鸣叫，一切都显得如此美好'，但我觉得，我们这个冬天可能会比较难熬，野鹅飞得这么高，而且都在匆匆离开这里。它们既不在湖面上停留，也不进食，而是急着往前飞，它们是要赶在暴风雪来临前逃离。"一连几天，野鹅都在匆匆南飞。一个安静、和煦的下午，一片乌云低低地垂在西北方向的天边。乌云迅速往上爬，越来越高，直至遮蔽了太阳，风也怒吼着吹了过来，瞬间雪花旋转着倾洒而下，天地间一片模糊。

风力如此强劲，狂风刮向小屋西北角时，房子都开始震动了，此时劳拉一个人在家。她迅速跑到窗口，但透过窗户只能看到白茫茫的一片。风暴来临时，阿曼佐正在畜棚里，也试着透过窗户向外看。然后，他赶紧把牛马都喂好，尽管此时还只是午后。他腾出一个往常放盐的小提桶，把小母牛的奶挤在里面，然后小心地关紧了畜棚的门，准备回他们的小屋。他刚出门，狂风便使他寸步难行。风暴似乎从四面八方袭来，不管他

将脸转向哪里都无法躲过。他知道小屋所在的方向，但是连小屋的影子也看不到，只看见眼前茫茫的一片大雪。气温急剧下降，异常寒冷。夹着冰屑的雪花落满他的眼睛和耳朵，呼吸时，感到一阵窒息。走了几步后，他就已经看不见畜棚了，独自一人陷于这白雪纷飞的茫茫世界。

　　阿曼佐挣扎着面朝正确的方向前行。不久，他知道自己已经离小屋很近了，但还是什么也看不见。再走几步，他撞到了一辆旧马车，他记得自己不久之前把它放在了小屋南面不远的地方。所以，尽管他努力保持方向，但还是在狂风里稍微向南偏离了路线。现在他知道自己在哪里了，于是再一次朝着正确的方向前进。不久，他再次觉得自己本应该到了小屋，但还是什么也看不到。这时，如果他完全陷入绝望，那他可能就找不到家，继而走入茫茫大草原，死在风暴中，或者他可能会在风暴结束前冻死在离小屋几英尺之遥的地方。当下，就算他喊得再大声，也没人会听见。好吧，他心里清楚他应该继续往前一点，站在原地是没用的。又迈出一步后，他的肩膀轻轻地碰到了什么东西。他举起手，于是摸到了屋角。啊，是小屋！他差点就要错过它而迷失在茫茫暴风雪中了。

　　他紧紧扶着墙，慢慢地来到了后门。

打开门后，他便被风拥着进了屋。他站在那里，就在他差点错过了的温暖的家里，眨着眼睛，试图把眼里的雪花弄出来。此时，他手中还紧紧抱着那个装牛奶的小提桶，在风暴中挣扎了这么久，牛奶也没有洒掉——因为它已经结成冰了。

暴风雪肆虐了三天三夜。阿曼佐再次前往畜棚时，他扶着墙走到一个屋角，那里系着一根很长的晒衣绳。他手里抓着这根绳子，来到了屋后。他把绳子从屋角上解了下来，然后摸索着来到门前，将绳子一端系在那里，另一端接了一段稍短的绳子（这是他挂在耳屋内的烘干绳）。现在，他拿着绳子这一端，来到了畜棚门边的那个干草堆，把这一端也系住，然后沿着绳子安全地回到了小屋。此后，他每天去一次畜棚，照看里面的牲口。

暴风雪咆哮、飞舞时，劳拉和阿曼佐都待在室内。劳拉用耳屋里存放的煤来维持炉火。她用食物储藏室和地窖里的食材准备饭菜，下午做编织时还会唱起歌。老西普和那只猫躺在炉子前的小地毯上。小屋稳稳地屹立于无情的暴风雪中，屋内温暖而舒适。

第四天傍晚，风暴终于止息了，风不再回旋、肆虐，而是吹拂着松软的雪掠过地面，在大草原上慢慢堆出一堆堆积雪，雪堆之间露出了地面。久违的太阳再次露面，射出的光芒显得灰白而寒冷，巨大的幻日①守护在两旁。天气冷极了，劳拉和阿曼佐走出门，只见四处一片荒凉。近日，他们的耳朵饱受风暴的咆哮，重归寂静后反而有点不习惯了。

"这真是一场灾难啊，"阿曼佐说道，"肯定造成了很大的损失。"劳拉看着路对面邻居家烟囱里袅袅升起的炊烟，她已经三天没有看到这样的景象了，说道："不管怎样，拉尔森一家平安无事，太好了。"

次日，阿曼佐驾车去镇上购买一些物资，顺便了解下有什么新闻。

他回到家时，下午最后几缕阳光从南面的窗户照射进来，小屋亮堂堂的，洋溢着愉快的氛围。他将马儿牵回畜棚，喂完饲料进屋后，劳拉过来帮他脱下外套。

然而，阿曼佐却是忧心忡忡的样子。晚饭过后，阿曼佐将听到的情形告诉了劳拉。

风暴来临时，一个住在小镇南面的人来到了他们的畜棚，但是没能走到他们的小屋，而是走入了大草原。人们在风暴过后发现他时，他已经冻死了。

---

① 幻日，大气的一种光学现象。太阳光被空气中飘浮的大量冰晶折射，就可能出现像太阳一样的光晕，被称为幻日。

三个孩子在从学校回家的路上走失了，他们钻进一个干草堆，挤在一起取暖，草堆上落满了雪。风暴过后，他们中年纪最大的男孩刨开了积雪，搜救的人们找到了他们。他们饿坏了，非常虚弱，但还好没有冻僵。

早在风暴距此一百英里开外时，牧场上的牛群便开始奔逃。它们看不见路，而且迷失了方向，跨过了三叶杨河的一侧高岸，后面的牛跟着前面的牛相继摔下高岸，掉入结冰的河里，在冰冷的河水和软雪中挣扎，直至窒息或冻死。人们正把它们从河里拖上岸，将牛皮剥下。里面足足有好几百头牛，丢了牛的人都可以前往那里，根据牛身上的烙印找到自家的牛。

今年的风暴来得太早，完全是始料未及，所以许多人都被困在大雪中，冻坏了手脚。不久，又来了一场风暴，但这次大家已经有所准备，所以没什么损失。

现在这时节骑马出游太冷了，而且地面上还有积雪，因此星期天下午，阿曼佐会在马儿们身后套上单座小雪橇，带着劳拉四处逛。他们会去爸爸的农场看望熟人，或者去拜访住在东面几英里处的老朋友博斯特一家。现在，他们都在附近玩，而不像之前那样跑出去二十英里甚至四十英里。因为那样太危险，如果风暴突然来袭，他们会被困在外面。

这段时间，巴纳姆和思琪普也没活可干。它们肥壮又活泼，对雪橇出游的兴趣不亚于劳拉和阿曼佐。一路上，马儿故意欢腾、跳跃，这样雪橇上的铃铛声便更加悦耳，它们的耳朵机警地颤动，眼中神采奕奕。

丘克斯和飞这两匹套了马鞍的小马以及凯特和比尔这两匹干活的马儿则待在畜棚里，长得很肥壮，它们可以在畜棚后方盖着干草顶篷的空场地上溜达、玩耍。

节日将近，必须开始做准备了。博斯特和英格斯两家通常聚在一起过节。如果感恩节晚餐在博斯特家吃，那么圣诞晚餐就在英格斯家吃。现在，劳拉和阿曼佐组建了一个新的家庭，于是自然又增加了一次聚会。大家将在怀德家庆祝新年。

由于今年的收成不是很好，因此圣诞礼物的预算也不多。阿曼佐为劳拉的两个妹妹做了手拉雪橇，他们还会给所有人买圣诞糖果。

他们决定要买一样两人都会用到、都会喜欢的东西作为给对方的礼物。仔细研究蒙哥马利·沃德公司的产品目录后，他们选中了一套玻璃器皿，打算买回来摆在桌子上。从照片上可以看到，他们选中的这一套东西漂亮极了，包括糖罐、汤匙架和黄油碟各一个；六个调料碟；还有一个很大的椭圆形面包盘，面包盘上有几穗小麦的浮雕图案以及"请在今日赐予我们食物"的字样。

圣诞节前几日，装有礼物的盒子便从芝加哥寄到了，他们都对这份礼物爱不释手。

节日很快过去了，二月份，劳拉迎来了她的十九岁生日。阿曼佐的二十九岁生日就在劳拉生日的一周后，因此，他们在这两个日期中间的那个星期天一并庆祝了。

其实也没有什么特别的，他们做了一个很大的生日蛋糕，并且稍微多花一些工夫准备了面包、肉和蔬菜，简单地吃了顿饭。

劳拉的厨艺大有长进，而且越来越擅长制作用酵母发酵的白面包。

时而工作，时而玩耍，时而阳光灿烂，时而风雪交加，一个冬天就这样过去了。期间很少有人来访，也没人作伴，邻居们都住得很远（除了路对面的拉尔森一家），白昼也很短。然而，劳拉从未感到孤独。她爱上了她的小屋甚至所有的家务活。西普和那只猫一直陪在她身边，而且，她觉得与拜访其他人相比，时不时去看看畜棚里的牛马可以给她带来同样的乐趣。

当丘克斯舔着她的手或把柔软的鼻子抵在她肩上时，或者当顽皮的思琪普在她的口袋里找糖时，她觉得它们是再好不过的朋友了。

野鹅从南方飞回来了，它们从一个湖飞向另一个湖，在水面上歇息，也在岸边觅食。

地上的雪差不多都融化了，虽然夜晚很冷、寒风呼啸，但是阳光暖融融的，春天已经来了。阿曼佐正在将犁和耙安装就位，马上要把土地收拾好，用来播种小麦和燕麦。他必须尽早开始工作，因为宅地上有一百英亩小麦、五十英亩燕麦要种。宅地的棚屋里，劳拉撑着谷袋，阿曼佐将小麦铲入里面。他打算把这些小麦搬到家里的畜棚里，以方便播种。棚屋里很冷，谷袋摸起来很粗糙，小麦表面积了很多灰尘。

看着无数饱满的麦粒从袋口滑入，劳拉感觉一阵眩晕。她移开视线，盯着糊在棚屋墙上的报纸，把上面的内容读了一遍又一遍。有些报纸上下贴反了，她感到莫名的愠怒，但不管怎样，还是得继续看下去，她的视线不能离开这些报纸。字！字！她感到世界被无数的字和滑入口袋的麦粒给占满了！

然后，她听到阿曼佐对她说："你太累了，坐下歇会儿！"

于是她坐了下来，但其实她一点也不累。她像是病了。第二天早上，她感觉更加难受了，阿曼佐自己做了早餐。

一连几天，她一下床就晕倒。医生让她静静躺着，他告诉劳拉不久她就会好起来，几个月后，准确来说是九个月后，就会完全好了。劳拉怀孕了。

原来如此！但是，该干的活还是得干，她必须把家里收拾妥当，这样，阿曼佐才能全力以赴把庄稼种好。他们今年全靠这些庄稼了，此外，他们也没有多余的钱来雇人干活。

于是，劳拉拖着沉重的身体，操持日常的家务活，如果感到特别头晕，她就躺下来休息一会儿。由于她没法像平时那样精心打理，小屋看起来也没那么干净、明亮了。当她觉得特别辛苦时，便会自嘲地笑笑，她想起了妈妈的一句名言："想跳舞，就得给小提琴手支付酬劳。"眼下正是她要付出的代价，这些家务她不得不做，她要尽可能地帮助阿曼佐。

小树的长势不太理想。夏日里干燥的气候不利于它们生长。因此，必须花更多精力去照料它们。几年过后，这十英亩土地上的树木必须达到一定的数量，他们才能得到这片土地的所有权。

所以，阿曼佐将小树周围的土壤翻松，施以粪肥。

劳拉怀念初春时节在绿油油的大草原上策马驰骋的情景，她怀念空气中弥散着的紫罗兰的香气。六月野玫瑰盛开的时候，她终于可以坐在思琪普和巴纳姆拉着的马车上，沿着乡间小路兜风。大草原上盛开着一丛丛低矮的玫瑰，它们的颜色鲜艳而丰富，从浅桃红到最深的大红色应有尽有，空气中弥漫着玫瑰

的芬芳。一次，劳拉突然打破沉默，问阿曼佐："我们给孩子取什么名字？"

"现在我们还没法起名，"阿曼佐说道，"因为还不知道是男孩还是女孩。"

又是一阵沉默过后，劳拉开口说："如果是女孩，就叫她玫瑰。"

那个春天经常下雨，一直持续到夏天。小树生机勃勃，每天都长高一点，娇小的绿色叶子迎风摇曳。野生蓝茎草长满了大草原的高地，乱子草鳞次栉比地生长在低洼处的沼泽里。

看呀，小麦和燕麦长得多好啊！这完全是拜充沛的雨水所赐。

日子一天一天过去了，小麦长得又高又壮，绿油油的，赏心悦目。然后，麦粒开始灌浆，只需再过几日，这茬庄稼就保证能丰收了。即使气候开始变干，也能有个好收成，因为麦秆还能够给小麦供给养分，保其成熟。

直到有一天，阿曼佐看过田里的情况后，决定开始收割。

回到家，他对劳拉说："小麦长得太完美了，每亩应该能收到四十蒲式耳。到时我们把小麦卖到镇上的粮仓那边，每蒲式耳小麦起码能卖到七十五美分。"

"我不是说过一切都是公平的吗？"阿曼佐说道，"富人在夏天得到冰，而穷人在冬天得到。"他说完便笑了，劳拉也跟着笑起来。一切都太棒了。

早上，阿曼佐到镇上去买割捆机。这台机器要两百美元，非常昂贵，因此，他是看准了今年的小麦会有好收成才下决心买的。他要在小麦脱粒后支付一半的钱，另一半等到明年打谷后再付清。分期付款只需支付百分之八的利息，并且可以将这台机器以及奶牛作为资产抵押。阿曼佐一早便去了镇上，希望能及时赶回来，以便尽快开始收割。

阿曼佐拉着崭新的机器回到家时，劳拉感到非常自豪。她来到外面，看着阿曼佐将机器套在四匹马后面，驶向了燕麦田。燕麦已经熟透了，所以他先收割燕麦。

回屋时，劳拉在心中默算——一百英亩乘上四十蒲式耳就是四千蒲式耳小麦，再乘以七十五美分是多少？她拿来铅笔，算了一下，整整有三千美元。没错！这是真的！这下他们要有钱了！穷人确实得到冰了！

有了这些钱，阿曼佐就能够付清一年前买割草机和搂草耙的钱，那时候庄稼的收成不好，他们没有钱。打谷后，就该支付那七十五美元和四十美元的欠条了，思琪普和巴纳姆的资产

抵押也要到期了。劳拉并不在意这些欠条，但她不愿意用马儿作为不动产抵押，这在她看来就和把阿曼佐抵押了差不多。好在很快就能付清这笔欠款了，还有用奶牛作抵押的畜力牵引犁的欠款。她想到他们可能还欠商店一些钱，但不确定具体是多少，反正不会太多。说不定等孩子出生后，她还有多余的钱来雇人做事，这样她就可以休息了。她太需要休息了，吃下去的食物马上就会吐出来，因此营养不良，非常憔悴。做饭的油烟味让她直想吐，如果能由别人来做饭就好了。

那天，阿曼佐用新的麦考密克割捆机收割了五十英亩燕麦。晚上，他一脸喜悦，异常兴奋。燕麦的收成非常好，他打算明天一早就开始收小麦。

然而，第二天早上，阿曼佐来到小麦田里，刚割下去他就卸下机器，将马儿牵回了畜棚。阿曼佐说，小麦最好再等几天，他发现小麦还没有完全成熟，不想因为收得太急而导致减产。但是，它们比想象的还要沉，每英亩笃定能收获四十几蒲式耳小麦。劳拉心里很焦急，她一心希望马上把小麦收完，稳稳当当地堆起来，这样才能安心。她透过窗户看到了田边崭新闪亮的割捆机，仿佛机器也像她一样不耐烦似的。

那天中午，德沃夫妇过来了。科拉的丈夫沃尔特要去镇上，

科拉则留在这里多玩一会儿。德沃夫妇和劳拉、阿曼佐年纪相仿，结婚时间也差不多。劳拉和科拉关系很好，在一起度过了一个快乐的下午，唯有闷热的天气让人感觉不舒服。

下午越来越热，没有一丝风，很是反常。人们气喘吁吁，感觉呼吸不畅。

三点左右，阿曼佐从畜棚回来，说这天肯定是要下雨了。他非常庆幸没有把小麦割下来，不然肯定来不及把它们堆成麦束堆就会被暴雨全部淋湿。随即，阳光褪去，风声渐起，天色越来越暗。风力逐渐增强，天空中还出现了一道绿色的闪电。然后，便起了风暴。只下了一会儿雨就开始下冰雹了，起初疏疏落落，缓缓落下，慢慢地变得越来越密，速度也越来越快，冰雹的个头也越来越大，有些简直像鸡蛋那么大。

阿曼佐和科拉看向窗户外面。雨水和冰雹遮挡了视线，只能看清很近的地方。他们看见路对面的奥利·拉尔森打开门从屋里出来，然后，他摔倒了，有人从屋里出来，抓住他的腿把他拉回了屋，然后关上了门。

"真是傻瓜啊，"阿曼佐说道，"冰雹砸到他的头了。"

这场暴风雨仅持续了二十分钟，此时他们能够看清田里的情形了：割捆机还在田边，但是麦子都倒在了地上。"我想冰雹砸倒麦子了。"阿曼佐说道。而这时劳拉已经说不出话来。

阿曼佐去路对面看看拉尔森先生情况怎么样。几分钟后他便回来了。原来拉尔森先生是想到外面捡一块大冰雹来量一下它有多大。正要去捡时，另一块冰雹击中了他的头。他被拖进屋后，昏迷了几分钟，但现在已经没事，只是头有点疼而已。

"我们来做冰激凌吧，"阿曼佐提议，"劳拉，你来搅乳，我去搬一些冰雹来进行冰冻。"

劳拉转向科拉，此时她正无言地站在那儿看着窗外。"科拉，你想庆祝一下吗？"劳拉问道。

科拉回答说："不了！我想回家看看情况怎么样。冰激凌会让我窒息的！"

这场暴风雨仅持续了二十分钟，却足以使这个世界满目疮痍，雨水浸透了一切，冰雹砸坏了很多东西。没装纱窗的窗户被打碎了玻璃，装了纱窗的地方也破损了。地上积满了冰雹，看起来像覆盖着一层冰，甚至还在四处漂移。小树的枝叶都被打落。太阳出来了，微弱而湿润的阳光照耀着这一片狼藉。劳拉心想，这场冰雹摧毁了一年的辛勤劳动成果，还有他们对安逸、快乐的生活的美好期望。庆幸的是，她也不需要为打谷的人做饭了，劳拉一直在害怕打谷这件事。这正像妈妈常说的：

"塞翁失马，焉知非福。"自己居然在这个节骨眼上想到这样的小事，劳拉也觉得很困扰。

她和科拉静静地坐着，谁也没说话，直到沃尔特驾着马车来到门口，他把科拉扶上了马车，匆匆离开了，甚至忘了和劳拉他们告别。他们想知道家里情况怎样，内心万分焦急。

阿曼佐去了麦田，回来时脸色非常沉重。"现在已经没有麦子要收了，"他说道，"麦粒都脱落了，被捣碎埋进土里了。这些小麦本可以卖到三千美元呢，真是太倒霉了。"

劳拉喃喃自语道："穷人得到——"

"你说什么？"阿曼佐问道。

"我只是在说，"劳拉答道，"这次穷人在夏天得到了冰。"

次日两点，低洼处的冰雹仍未融化。

虽然他们的计划都破灭了，但是必须得重拾信心才行。冬天要到了，必须买来足够的煤准备过冬，这可能要花六十到一百美元。还得买种子，等到明年春天再次播种。购买机器的欠条也到期了。

欠着钱的东西有那台收割了五十英亩燕麦的割捆机、畜力牵引犁、割草机、马拉搂草耙、春天时使用的播种机，还有那辆新马车。建造这座小屋时还欠了五百美元。"这房子还欠着五百美元的债?！"劳拉惊叫道，"我怎么一点都不知道!"

"听我说，"阿曼佐说道，"我觉得没有必要让你为这个担心。"

不管怎么说，他们总不能坐以待毙，阿曼佐打算明天到镇上去看看能够做点什么。或许他可以通过抵押宅地来贷款。谢天谢地，还有这条出路。他不能拿树林领地去抵押，因为小树长成之前，树林领地还不属于他，它仍然是属于"山姆大叔"①的。劳拉似乎听到了她爸爸曾经唱过的歌："山姆大叔非常富有，可以给我们每人一片农场!"有时劳拉也生怕自己心情浮躁，但是这多出来的五百美元债务对她来说确实是个打击。五百美元加上两百美元就是七百美元，还有马车、割草机……她不能再往下想了，否则非得疯了不可。

经过商谈，阿曼佐可以将买机器的钱延期一年再还，但是要支付相应的利息。他也可以等到明年庄稼收割后再支付割捆机的第一笔款项，余款后年付清。他可以以四美元一吨的价格将他所有的干草卖到镇上的铁路边，买家要把干草运往芝加哥。

然而，他们必须搬到宅地上去住，这样才能以宅地作抵押来筹钱，他需要钱来支付利息、维持生活，以及购买种子。他

---

① "山姆大叔"的英文即Uncle Sam，缩写正好是US，所以"山姆大叔"是美国或美国政府的代称。

们别无他法，只能搬往宅地。这样，他们能贷到八百美元。

一个新来的人愿意买走凯特和比尔这两匹马，出的价格比阿曼佐买进时要高些，阿曼佐以后也不需要它们了。他找到了一个租户和他一起经营树林领地，由阿曼佐提供种子。

思琪普、巴纳姆、丘克斯和飞一起负责拉车。

现在有其他人负责树林领地，阿曼佐就无须两边兼顾了，他可以在宅地上多种些庄稼，从而赚到更多钱。

此外，搬到宅地之前，必须把那里的棚屋扩建一下，他们只需要再建一个新房间和一个地窖就够了，原来的棚屋则用作储藏室。

就这么定了。阿曼佐赶忙去把被冰雹打落在地里的小麦堆起来，小麦杆可以代替干草用作动物饲料，所以可以省下更多干草拿去卖。

阿曼佐把小麦运至宅地堆起来之后，挖了一个地窖，并在上面挨着棚屋加盖了一间房。然后，他搭了畜棚框架，割来大量晒干的乱子草堆在了框架四周，于是一个干草畜棚便建好了。

现在，一切已经就绪，可以准备搬家了。阿曼佐和劳拉在畜棚建完的次日搬到了宅地。

这一天是 8 月 25 日。他们过完了新婚后的第一年。

第二年：女儿玫瑰出生

1886 年 8 月 25 日，天朗气清，阿曼佐和劳拉搬到了宅地。

"天气真好啊，就像我们去年结婚那天一样，今年也是个全新的开始。还有我们的新房子，虽然小了一点……我们会好起来的。你看！'一切都是公平的，富人……'"

他没有再说下去，但是劳拉忍不住要把这句爱尔兰人的谚语说给自己听："富人在夏天得到冰，而穷人在冬天得到。"其实，他们已经在夏天那场冰雹里得到了。

然而，现在不是想这个的时候。她首先必须把新家收拾妥当，让阿曼佐也觉得高兴一点。可怜的阿曼佐，他现在步履维艰，正在竭尽所能让事情往好的方向发展。新房子还不错，房

间有点窄（十二英尺宽十六英尺长）①，不算很宽，南面有门窗各一扇，门廊很窄，房间西面连着原先的棚屋。

房间的东面有一扇窗户，窗户往南的角落里挂着一面镜子，会客桌摆在镜子的下方。床摆放在北面墙的一个角落里，床头紧靠窗户。

炉子厨灶摆在房间的西北角，边上就是碗橱。餐桌贴着西墙摆放，离南墙很近。

从原先的卧室带过来的地毯铺在房间东侧的地面上，扶手椅和劳拉的小摇椅摆在地毯上，位于两扇窗户之间，彼此距离很近。早晨，阳光从东面的窗户照进来，房间里亮堂堂的，他们在新家的生活既舒适又快乐。

原先的棚屋用作储藏室很方便，牛马待在新的畜棚里也很舒适。他们的房子是朝南的，北面和西面有低矮的小山作为天然屏障，冬天应该比较暖和。

到处都是新气象。沼泽从畜棚边上的山脚一直延伸到农场的东部边界，风吹过沼泽里高高的野草，形成起伏的波浪。小屋坐落于一座低矮的小山顶部，出门便可看到一片草原。耕地位于小

---

① 12英尺约为3.7米，16英尺约为4.9米，也就是约为18平方米的小房间。

山的北面，从小屋这边是看不到的。劳拉喜欢这里，她喜欢看到绵延不绝的大草原上野草迎风摇曳的景象。准确来说，这里除了一小片田地，其他全是草原。根据法律的要求，每片宅地上必须得有十英亩耕地。小屋北面的草长在高地上，茎是蓝色的，并不是密密地长在低洼处的高大的乱子草。现在正是堆干草的时节，他们要在冬天来临前获得更多的干草，因此每一天都分秒必争。

由于那场冰雹的影响，干草将是今年唯一的收成。搬家次日，阿曼佐吃完早饭就将割草机套在了思琪普和巴纳姆身后，开始收割干草。

劳拉并未急着做家务，而是跟着阿曼佐去看他工作。空气清新，新割的干草非常干净，散发着香味，劳拉在田野中漫步，采了野生的向日葵和火焰草。不久，她开始慢慢地往回走，去料理剩下的家务。

劳拉不想待在屋子里，等孩子出生后，肯定会有很长时间都不能出来。而待在屋外呼吸新鲜空气的感觉好极了。所以，做完必须要做的家务之后，她又来到了干草地里，陪在阿曼佐身边。

在他将干草叉进高大的干草架准备运回畜棚的时候，劳拉已经上了马车，每叉一堆草上去，她就爬到它上面，最后便坐

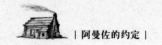

在干草顶上摇着回了畜棚。回到畜棚后，她顺着干草往下滑，阿曼佐用双臂接住她，把她安全地放到地上。

阿曼佐将地里的干草用搂草耙堆成垛。搂草耙是一块又长又宽的厚木板，带有一整排长长的木齿。木板两端各拴了一匹马，让它们拉着搂草耙分别走在一长列割好的干草两边。长长的木齿紧贴着地面，收集着地上的干草，厚木板推着干草往前移动，干草越集越多。

当干草集到足够多时，也正好走到堆干草的空地，阿曼佐便将厚木板翻过来，将刚拉过来的干草卸在地上，这样就有了一个干草堆。几次之后，便可以堆出一个大大的干草垛。此后，马儿们每次再拉来干草就会自动分开，从草垛两边走过，同时，紧跟其后的阿曼佐帮着抬起搂草耙，将后续的干草卸在草堆顶部，然后他从草垛另一边滑下来，之后再从头开始。

巴纳姆表现得很好，总是乖乖地沿着自己的路，拉着搂草耙往前走。而思琪普就比较懒了，一旦没人在后面赶，它就会停下脚步，所以，劳拉得在后面跟着它。在等待阿曼佐用耙子搂起另一堆干草的时候，她就靠着干草垛向阳的一面坐着休息。

干草垛堆到预期的高度时，阿曼佐就用干草叉修整草堆四边，并将散落的干草收集起来，这样，干草垛看起来既整齐又干净。然后，他从马车上取下一些草盖在草垛的顶上。

宜人的秋天就这样过去了，晚上越来越冷，万物开始结霜。收干草的工作也已经全部完成。

阿曼佐将宅地作为抵押贷到了八百美元，他买到了足够过冬的煤，堆放在储藏室里面。

六十美元的税也已支付（树林领地无须交税，因为他们现在还没有获得产权）。他也付清了机器的欠款利息。他们希望剩下的钱足够买春播的种子，以及支付他们从现在到明年收割时节的生活费用。

阿曼佐卖了三十吨干草，每吨的价格是四美元，多亏了这些干草，这一百二十美元是他们一年到头在地里的全部收获。

今年，野鹅很晚才从北方飞到这里，而且似乎不急于往南迁徙。它们在沼泽里觅食，从一个湖飞到另一个湖，水面上几乎遍布野鹅的身影。天空中到处是它们的 V 字形阵队，野鹅的叫声不绝于耳。一天，阿曼佐匆匆进屋拿起了枪。

他对劳拉说："有一群野鹅飞得很低，我觉得我能打到一只。"

他迅速出了门，却忘了那把旧枪的后坐力，他把枪举到面前，瞄准目标，扣动扳机。

劳拉随即跟了出来，却看到他用手在脸上来回擦。

"你打到野鹅了吗？"她问道。

"是的，但是没能打死它。"他一边答，一边用手擦去鼻子上的血迹。

那群野鹅安然无恙地飞走了，赶去与湖边的同类汇合。

这将是个暖和的冬天，野鹅不急着南迁。

很快，那一小块田地已经犁完，忙碌的工作也结束了。

十一月迎来降雪，积雪覆盖大地，又可以乘雪橇出门啦。阳光灿烂的午后，阿曼佐和劳拉穿上暖和的衣服，盖上袍子，乘着雪橇出去玩。劳拉特别喜欢待在户外，所以阿曼佐为她做了一架手拉雪橇，还做了一副套具，可以套在老狗西普身上。

天气好的时候，劳拉把手拉雪橇套在西普身上，让它拉着她跑下山坡，一直跑到山下的小路。然后她会和它一起爬上山坡，西普拉着雪橇，而劳拉走在它边上，然后一次次周而复始，直到劳拉累得走不动也玩不动了。劳拉乐此不疲，有时雪橇撞到障碍物，劳拉整个人滚入雪里，西普似乎还在笑呢。

转眼已经到了十二月。

12月5日早晨，阳光灿烂，但北方看上去似乎有暴风雨。

"你今天在外面尽情玩吧，明天可能有暴风雨。"阿曼佐说道。

所以吃完早餐，劳拉便给西普套上了雪橇，开始去山坡滑雪。但她只在外面待了一会儿。

"我今天不怎么想玩，"阿曼佐从畜棚过来时，劳拉对他说道，"我想回去待在炉火边。"收拾完午餐后，劳拉懒懒地坐在炉火边的小摇椅里。阿曼佐有点担心她。

下午，阿曼佐去畜棚把马儿牵了过来，马儿已经套上了雪橇。

"我去把你妈妈接过来，"他说道，"在我回来之前，你尽量待着别乱动。"外面雪下得很大，劳拉透过窗户看着阿曼佐驾着马车急速飞奔而去。她想以这样的速度，肯定能在国庆节的赛马会上得奖。

然后，她一会儿在房间内来回走走，一会儿坐到炉火边，直到阿曼佐带着妈妈回来。

此时她正在炉火边取暖。"天哪，"妈妈大叫道，"你不该起来的，快到床上躺下。"

劳拉回答道："接下来，我肯定得在床上躺很长时间，所以现在想尽可能多在地面待会儿。"

但是她马上也就顺从了，只模模糊糊地知道阿曼佐出门去

请她妈妈的一位朋友了。

鲍尔太太是一位快乐而友善的爱尔兰人。劳拉听到她说："她肯定会没事的，她很年轻，您说十九岁是吧，正和我女儿玛丽一样大。但我觉得，我们最好现在就去把医生请来。"劳拉再一次醒来时，妈妈和鲍尔太太正站在她的床两边，阿曼佐是站在床尾吗？不！他已经去请医生了。怎么有两个妈妈和两个鲍尔太太？看起来，有好多人围着她。

爸爸过去常唱的那首赞美诗是怎么唱的？

……天使们啊，

围在我身边，

哦，请用你雪白的翅膀，

带我飞向远方……

她疼得昏了过去。一阵冷风和清新的空气使她重新清醒，在灯光中，她看到一个高个子男人将落满雪的大衣放在门边，然后向她这边走来。

她模模糊糊地感觉到有块布碰到了她的脸，带着刺鼻的味道。随后，她又沉入了幸福的黑暗之中，在那里她便感觉不到疼痛。

劳拉睁开眼睛时，屋里灯光依然很亮，妈妈正俯下身子看着她，医生就站在妈妈边上。在床上，在她的身边，她看见一个小小的襁褓，暖融融的。

"快看看你的女儿，劳拉！她太漂亮了，有八磅重，"妈妈说道，"你真是太棒了。"鲍尔太太坐在炉火边说道："你很勇敢，所以你的女儿也一定很棒。你马上就会好起来的。"

阿曼佐送医生和鲍尔太太回去了，妈妈留了下来。劳拉的手轻轻搭在玫瑰的身上，一会儿便进入了梦乡。

玫瑰长得又壮又健康，所以妈妈只住了几天就回去了。然后，海蒂·约翰逊过来了。"这次我是来帮婴儿洗澡的，而不是洗窗户。"她说道。

但不久，海蒂也回去了。现在，山顶的这间小屋里就只剩阿曼佐、劳拉和玫瑰一家三口了，周围都是空旷的大草原。

附近没有人家，但是可以看见一英里以外沼泽地尽头、小镇边缘的几幢房子。

请医生、支付医药费以及从夏天到现在的生活费已经花去了一百美元，但不管怎样，十二月的玫瑰比六月的玫瑰更加稀有，不是吗？一切都是值得的。

圣诞节临近了，玫瑰是他们最好的礼物。圣诞前一天，阿曼佐拉了许多干草到镇上去卖，买了一座非常漂亮的钟回来。它的底座是胡桃木的，顶部雕有叶子图案。整座钟从上到下将近有两英尺高。玻璃钟面上环绕着镀金的藤蔓，上面还有四只镀金的、展翅的鸟儿。来回摆动的钟摆也是金色的。

时钟发出令人愉快的"滴答、滴答"声，整点报时的声音更是清脆悦耳。劳拉瞬间爱上了它。

他们那只旧的圆形镍制闹钟早就不准了，但勉强还能用，劳拉疑惑地问："但是你应该……"阿曼佐告诉她是用卖干草的钱买了这座钟，作为他们一家三口的圣诞礼物。留作饲料的干草省着用，足够维持这个冬天，但接下来无法再拿干草卖钱，因为他们已经没有多余的了。

圣诞节这天起了风暴，他们静静地待在家里，但还是充满了快乐。

风暴停息后，天气晴朗，阳光灿烂，但是却很冷——有时能达到零下二十五摄氏度或零下三十摄氏度。

有一天，似乎比平时暖和得多，劳拉觉得在家待得太久了，她想乘雪橇去看望爸爸妈妈。但是，带着婴儿出门能保证安全吗？

他们相信完全没有问题。劳拉将一些毯子放在炉火旁烘热。阿曼佐把小雪橇停在紧挨门口的地方，并且在前面挡泥板上的顶篷下为她围了一个温暖的小窝。他们把玫瑰裹在温暖的小毯子里，又给她披上了红色的小斗篷，戴上了防风帽，还用一块轻薄的蓝色丝绸手绢遮住她的脸，把她轻轻地放进小雪橇上的小窝里。

然后，他们便上路了。马儿迈着轻快的步子一路奔跑，雪橇铃铛声欢快悦耳。

劳拉好几次把手伸进毯子里摸摸玫瑰的脸，以确保她没有冻着，并且能够顺畅呼吸。

似乎只过了几分钟便到了爸爸妈妈那儿，他们迅速进了屋。当然，他们被狠狠地责备了一番。

"你们简直是疯了！"爸爸说道，"这么冷的天居然把这么小的婴儿带出来。"此时，温度计上显示是零下十五度。"一路这样过来，她可能会窒息的。"妈妈补充道。

"但我一直看着她呢，不会让她窒息的。"劳拉答道。

玫瑰摆动着小小的手指，发出"唔唔……"的声音。她很暖和，也很高兴，还美美地打了个盹儿。

劳拉从未想到带婴儿出门会有危险，所以回家的路上担心

极了，安全到家后总算松了一口气。看来照看孩子有很多需要注意的事情。

此后，他们很长时间都没有乘雪橇出过门。有一天，天气暖融融的，他们驾车去看望离家四英里远的好友博斯特一家。

博斯特夫妇独自住在自己的农场上。他们没有孩子，所以一直在逗玫瑰玩，百般欢喜，乐此不疲。

当阿曼佐一家告辞时，博斯特先生默默地站在马车边，看着他们忙着做出发的准备。直到最后一刻，他终于开口了。他很犹豫，最终用一种很奇怪的口吻说："如果你们能把孩子送给我和艾莉，你们可以把我马厩里最好的马牵回家。"

阿曼佐和劳拉非常震惊，一时间还没反应过来，博斯特先生继续说道："你们还会有其他孩子，但是我们不能，永远都不可能了。"

阿曼佐抓紧缰绳，劳拉小声说："哦，不！不！快离开这里，阿曼佐！"一路上，劳拉紧紧地抱住玫瑰，但同时，她也很同情博斯特先生，他们离开时他还站在那里，还有博斯特夫人，她正在屋内等消息，她肯定知道博斯特先生打算说什么。

后面的日子过得很快，再也不曾有过风暴，对于这个季节而言，天气算是很暖和了。到了四月份，所有农场都开始播种。

4月12日这天，阿曼佐去畜棚套马，准备开始下午的工作。

他去畜棚时，阳光和煦而温暖，压根想不到会有风暴。但当他给马儿梳毛、刷洗完毕并套上马具打算牵出门时，畜棚的一侧传来"轰隆"一声巨响。然后便听到尖锐的风声，他向外看去，但是什么也看不见，只见漫天飞舞的雪花。四月竟然下起了暴风雪！这是为什么，现在可是春耕的时候啊！阿曼佐简直不敢相信自己的眼睛。他揉揉眼睛，再次望出去。然后，他只能卸下马具，回屋去了。畜棚到房屋的距离很短，除了飞旋的雪花，他什么都看不到，还好有一路上零零散散放着的东西——小雪橇、马车，还有大雪橇。他找准方向，到达一个目标，然后接着前往另一个目标，最终安全地来到门廊，进了屋。劳拉焦急地从窗户向畜棚张望，希望看到阿曼佐的身影，但直到门打开了，她才看到他。

这是今年冬天最严重的一场暴风雪，持续了两天。大风并未停息，依旧发出尖锐的呼啸声。

然而，屋内的一切都很舒适。牲口待在畜棚里既安全又暖和，阿曼佐每天就靠摸索着雪橇和马车，前去给它们喂水喂食。

第三天早上，太阳升起了，阳光明媚，一阵阵狂风低低地吹过，寒冷刺骨。很多人被风暴困住了，附近还有旅人丢了性命。

鲍尔先生在小镇向南两英里的田间干活的时候，有两个陌生人从镇上朝他走来。他们问他去马修先生家怎么走，他们说自己是从伊利诺伊州来的，是马修先生的朋友。鲍尔先生指了指马修先生家所在的方向，于是这两个陌生人便继续赶路了。不久，风暴来袭，鲍尔先生从田间赶回了家里。

风暴停息的那天，鲍尔先生看到马修先生正要去镇上，于是便问了他那两个伊利诺伊州的朋友的情况。但马修先生并未见过他们，于是他俩便开始四处寻找。

他们在大草原上一个孤零零的干草堆里找到了那两个人，他们可能是在风暴中走偏了方向。看到这个草堆，便从里面抽出草来点燃。后来，他们显然是放弃了在风雪中靠生火来取暖的念头，于是爬进了干草堆的洞里。但他们最终还是被冻死了。

这场风暴只持续了两天，如果他们不停下来，一直往前走，说不定能够"走出"风暴。或者如果他们穿得更厚实点，躲在干草堆里也不至于被冻死。他们的衣服很单薄，如果是伊利诺伊州的春天没有问题，但在西部的暴风雪中，就是另外一回事了。

很快，积雪消融，春天真的来了。野云雀愉快地歌唱，紫

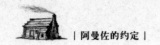

罗兰竞相开放，柔软的嫩草长了出来，整个大草原呈现一片柔和而美丽的绿色。

劳拉和阿曼佐在花园栽种植物时，她会给玫瑰戴上小小的太阳帽，把她放在盛衣篮里，然后把篮子放在自己身边。

老狗西普不见了。它对玫瑰一点都不友好，一直对她充满嫉妒之情。有一天，它跑了出去就再也没回来，不知道它的命运会怎么样。后来，他们收养了一条脾性温和的圣伯纳犬，它身形高大，长着黑色毛发，取代了西普的位置。

这条圣伯纳犬似乎觉得自己的任务就是照看玫瑰，不管她到哪里，它都会蜷缩着趴在她身旁或坐在她身边。

他们将做饭用的炉子搬进了储藏室，这样天热时房间里能够凉快一些。夏天，劳拉在厨房里做事，玫瑰和大黑狗则在地板上玩耍或睡觉。

他们现在不能骑马出去玩，因为带着婴儿不太安全，但是劳拉也没有特别难过。阿曼佐将一个纺织品盒子固定在马车的前头，这样劳拉坐在赶车人的位置上时，就有足够的空间可以放婴儿。吃完午餐收拾完毕后，劳拉将马车套在巴纳姆身上，玫瑰戴着粉红色的太阳帽，坐在盒子里，劳拉就这样驾车带着她出去玩。有时她会去镇上，但多数是为了去看望妈妈和两个妹妹。

她这样子带着玫瑰出门，妈妈刚开始很担心，但不久也就习惯了。虽然巴纳姆跑得很快，但是它就像小猫一样温柔，拉着两轮马车轻快而安全地前行。劳拉驾车技术非常娴熟，玫瑰不会从盒子里掉下来。有巴纳姆拉车，她从未担心过。

阿曼佐也不介意她经常出去，只要她能准时回家准备晚饭就好。

劳拉每天做家务、料理花园、照顾玫瑰、带她出去玩，夏天转眼就过去了，又到了收干草的季节。现在，玫瑰坐在干草堆下，看劳拉赶着思琪普拉搂草耙。

劳拉和阿曼佐都喜欢待在撒满阳光的干草地里，留下大狗照看熟睡的玫瑰。阿曼佐赶着飞和丘克斯搂干草时，劳拉会赶着思琪普和巴纳姆拉割草机割干草。

这个秋天，劳拉也不需要为打谷的人准备饭菜，因为树林领地上的租户会负责打谷。

粮食的收成比预期的要少些，因为天气实在是太干燥了。小麦的价格也不高——每蒲式耳才卖到五十美分。

但是，他们足以支付所有利息以及还清一些欠款了——割草机、搂草耙和畜力牵引犁，而且，他们还支付了收割机的定

金。剩下的还有马车的欠款、建房的五百美元，以及抵押宅地的八百美元贷款。他们必须为明年春耕留下麦种，还必须交税、买煤，并且还要留下从现在到明年收割前的生活费。

那时又会有干草了。今年，他们可以卖掉两头小公牛。它们已经两岁，长得很健壮，每头可以卖到十二美元。有了这二十四美元，他们可以买各种杂货了。

今年气候不佳，这样的收获还算不错了。

时间又到了 8 月 25 日，他们新婚后的第二年也过完了。

第三年：阿曼佐病倒了

天气转凉，劳拉提议把做饭用的炉子搬回卧室兼起居室的房间里，她不明白为什么阿曼佐不同意这么做，直到有一天他从镇上带了一个无烟煤炉回来。

新的炉子实在是太漂亮了，黑钢板的外壳经过精心打磨，镍制装饰物闪闪发光。

阿曼佐说有了这个炉子，他们最终能省不少钱。无烟煤每吨十二美元，烟煤每吨六美元，但是这个炉子耗煤量特别少，所以算下来其实花费更低。而且，无论日夜，它都能保证热量稳定而均匀。之前那个做饭用的炉子开始的时候热量会很足，然后慢慢就减弱了，现在，他们再也不会因为这样而着凉了。新炉子的镍制顶部是可以打开的，除了烘焙，其他所有烹饪方

法都没有问题。需要烘焙的时候，只要到夏日厨房①生火就行。

这些天，玫瑰总爱在地板上到处爬，所以保持地板暖和也很有必要。

劳拉原本认为他们买不起这么漂亮的新炉子，但这些事就让阿曼佐去操心吧，她无须担忧，而且她也确实感觉到寒冷难耐。阿曼佐的衣服似乎永远不够暖和。她正在用优质、柔软的设得兰羊毛②为他织一件长袖贴身毛衫，准备在圣诞节时给他一个惊喜。

要在瞒着阿曼佐的情况下织完这件衣服可不是件容易的事，但等圣诞过后，再织配套的裤子就要轻松得多。

他们驾着小雪橇去和家里人吃饭时，阿曼佐便穿着这件新的毛衫。

吃完饭回家时，天色昏暗，并且开始下雪了。幸好不是暴风雪，只是普通的大雪，当然，还有风。劳拉将玫瑰裹得严严实实地抱在怀里，阿曼佐又用毯子和袍子把她俩围了起来，自己则穿着皮毛大衣坐在她们身边。

---

① 前文说劳拉他们"将做饭用的炉子搬进了储藏室"，以便夏天在厨房做事时，房间里不至于太热，所以后来劳拉就把储藏室里的厨房称为夏日厨房。
② 一种产于英国设得兰群岛上的羊身上的优质羊毛。

他们在黑暗中迎风前行，速度很慢，不久，阿曼佐让马儿停了下来。"我想它们跑偏了，它们不愿意脸迎着风走。"他说道。

他解开身上的袍子，爬出小雪橇，凑近地面仔细看，试图找到地上的车辙，但是路面已被积雪覆盖，踪迹全无。最终，他刨开脚边的雪，看到了下面的车辙，还好只是偏了一点点。

于是，阿曼佐一路步行，循着偶尔找到的零星标志赶着马儿前行，周围是飘着雪的空旷的大草原，黑黢黢的一片。

谢天谢地，他们终于到家了，可以围着无烟煤炉取暖了。阿曼佐说，新毛衫真的好暖和。

这个冬天虽然很冷，但是并没有糟糕的暴风雪，因此他们过得很愉快。劳拉的表哥彼得从南部过来，在距此以北几英里远的怀特海德家工作。他星期天经常过来看望劳拉。

为了给阿曼佐一个惊喜，劳拉在他生日那天邀请了彼得和怀特海德一家过来吃午饭，烹饪和烘焙都在夏日厨房完成。这是一个愉快而温暖的冬日，午饭非常成功。

然而，尽管天气暖和，劳拉还是得了重感冒，而且有点发烧，因此必须在床上躺着。妈妈过来看看她的情况怎么样，并把玫瑰带回去照顾了几天。劳拉的感冒一点都没见好，反而更严重了，

喉咙非常难受。医生来看过后，说这不是感冒，而是白喉病。

幸好，玫瑰现在有妈妈照顾，不用担心。但是，那几日真的很难熬，阿曼佐一直照顾着劳拉，直到医生宣布她已逃过一劫。

然而，阿曼佐也病倒了，医生早上来看过之后，让他躺在床上，千万别起来，而医生则去镇上找人来帮忙。医生走后不久，阿曼佐的哥哥罗伊尔便过来照顾他们。他是个单身汉，独自居住，由他过来照顾他们比较合适。

因此，阿曼佐和劳拉在同一个房间里，扛过了苦不堪言的高烧煎熬。劳拉的症状比较危险，而阿曼佐的情况并不严重。

但最后，他们还是双双复发了，医生走之前提醒他们千万不要过度劳累。罗伊尔整日操劳，也差点病倒，因此他又回去了。病人居住的房间必须进行烟熏消毒，因此劳拉和阿曼佐裹得严严实实，在夏日厨房中待了一整天。

又过了几天，玫瑰回来了。在离开家的这段日子里，她已经学会走路，而且似乎长大了许多。玫瑰满屋子蹒跚小跑，给他们带来了无比的欢乐，最重要的是，病好了，人感觉舒服多了。

劳拉以为这次的烦恼已彻底过去，无奈却好景不长。

阿曼佐不顾医生的嘱咐，拼命工作。一个寒冷的早晨，他起身下床时差点摔倒在地，他的双腿出了问题，一直到臀部都没有知觉，按摩很久后，他才能在劳拉的搀扶下勉强走动。

一起做完那些日常杂事后，吃过早饭，劳拉帮阿曼佐套好马车，让他驾车去镇上看医生。

"这是轻微的麻痹症状，"医生说，"因为你病后没休息够，太早开始劳作了。"

从那天起，为了保住两条腿，阿曼佐一直在努力。几天后，他觉得好多了，可是不久又开始恶化。最终，情况逐渐好转，他能够小心翼翼地走动，并做一些日常的事情了。

这时，已经到了春天。医疗费用非常昂贵，他们手上的钱已经花尽，必须得熬到下次收割。树林领地上的租户马上要搬走了，以阿曼佐现在的身体状况，根本不可能同时兼顾两片土地。而且树林领地目前还不属于他们，为了保住它，必须照料好那些小树。

他必须想点办法才行。正在这紧急关头，有人愿意购买他们的宅地，并接手那八百美元的抵押贷款，另外可以再付给阿曼佐两百美元。因此，阿曼佐和劳拉卖掉了宅地，在初春的时候搬回了树林领地。

树林里的小屋看起来乱糟糟的，但是，只需稍微刷点油漆，

再装上防蚊蝇纱窗，并且好好打扫一番，它又会重新变得整洁而温馨的。劳拉有种回家的感觉，通往畜棚的地面很平坦，这样阿曼佐走起来也容易多了，不用像在宅地上那样上坡下坡。

他逐渐克服了双腿麻痹带来的影响，但是如果不小心踢到脚趾头，还是会摔倒。如果路上有块木板，他也不能从上面跨过去，而是必须从边上绕过去。他的手指还不是很灵活，所以不能套马或者解开马套，但是马车套好后，由他来驾车是没问题的。

所以，劳拉帮他套好了马，送他离去，然后在他回来的时候再帮他解开马套。

租户离开树林领地时，秋耕已经结束，所以土地交还给阿曼佐时已经犁过了。因此，阿曼佐只需耙地、播种。这活儿干起来很慢，但还是及时完成了。

雨水及时而至，小麦和燕麦的长势都很好。但愿雨水能够持续下去——不过，千万不要下冰雹。

家里的牲口也是"人丁兴旺"——畜棚内添了三头小牛和两匹到处乱跑的小马驹。还有，当年用劳拉在学校教书的工资买的那匹马驹，如今已经三岁，长得非常健壮。那几只母鸡也下了很多蛋。看吧，事情并没有那么糟糕。

玫瑰在小屋里东倒西歪地走来走去，和小猫玩耍，或者在劳拉要去工作时抓住她的裙子。

这个夏天，劳拉不仅要做家务、照顾玫瑰，还得在阿曼佐需要帮忙的时候帮助他，整天过得忙忙碌碌的。但是，她一点都不介意，因为阿曼佐的手脚都在逐渐康复。

慢慢地，阿曼佐觉得麻痹的感觉逐渐消逝。他花了大把的时间在树林里干活。本来，今年春天小树应该能苗壮成长的，但是去年夏天太干燥了，所以长得并不好。

有些小树已经死了。阿曼佐把死去的小树拔掉，小心地种上新的。他把树苗全部修剪了一遍，并把树根周围的土壤翻翻松。

小麦和燕麦长得非常繁茂，一片碧绿。

"今年一定会好起来的，"阿曼佐说道，"庄稼丰收后，情况就会好转。"

现在，马儿们的活儿也不重。思琪普和巴纳姆只需做点必要的活儿就行了，丘克斯和飞这两匹马驹则在畜棚里长得膘肥体壮。阿曼佐说应该把它们拉出去多骑骑，但是劳拉不放心留玫瑰一个人在家，可带她一起骑马又不安全。

晚上，四下静悄悄的，吃完晚饭把玫瑰哄睡着之后，也没

什么事可做。玫瑰白天玩得太累，晚上可以睡上好几个小时。所以劳拉和阿曼佐会给马驹装上马鞍，骑着它们驶上屋前的道路。他们往南骑半英里后返回，又沿着屋前半圆形的车道骑行，中途停下来看看玫瑰是否还在熟睡；然后，继续往北骑半英里后返回，再看看玫瑰。如此往复，直到马驹们和骑手们都玩得尽兴了。丘克斯和飞很享受在月光下驰骋，以及从一捆干草的影子下穿行的感觉，他们身边时不时跃过一只长腿大野兔。

一个星期天，彼得表哥告诉阿曼佐和劳拉，怀特海德先生想把他的一百头纯种萨罗普羊给卖了。

今年秋天将迎来总统大选，民主党人很有可能要赢。如果真是这样，怀特海德先生——一个不折不扣的共和党人，一定会觉得这个国家即将毁灭：关税将被取消，羊毛和羊都将一文不值。彼得确信，他能以低廉的价格买下这些羊。如果能有地方养，他想自己买下来。"价格有多优惠？得花多少钱？"阿曼佐问道。

彼得有信心能把价格谈到每头两美元，因为怀特海德先生为大选的事感到极度心神不宁。"等明年春天把羊毛卖了就差不多能回本。"他又补充道。总共有一百头羊，怀特海德先生还欠彼得一百美元的工资，因此只差一百美元就够了。劳拉陷入了沉思。位于他们南面的学校用地足够养这些羊了，那片土地上长满了肥美的牧草和干草，谁都可以去割，先到先得。达科塔州的法律规定，每个镇都要留出两片学校用地，劳拉第一次对这种规定感到如此满意。而且更值得高兴的是，其中一片学校用地恰好毗邻他们的树林领地。

"我们有足够的场地和干草，也可以盖一个像样的羊棚。"阿曼佐说道。

"但是另外的一百美元要从哪儿来呢？"劳拉疑惑地问道。

阿曼佐提醒劳拉，他们之前用她教书工资买的那头马驹现在应该能够卖到一百美元。如果她愿意赌一把，就能买下一半的羊。

那就这么定了，如果彼得能把价格谈到两百美元，那么劳拉愿意支付一半的费用。以后，由彼得来照看羊群，夏天时可以在学校用地上放牧。彼得会和阿曼佐一起收干草，马儿和机器都由阿曼佐提供。他们打算在干草棚后面建一间羊棚，并在门前用铁丝再围一个羊栏。彼得可以和他们住在一起，并帮忙做一些杂务。

卖掉马驹后没几天，彼得就将羊群带回来并赶进了专为它们而建的羊栏里。除了一百头漂亮的母羊，还免费赠送了六头

老羊。

此后每天早晨，彼得都把羊群赶到学校用地上去放牧，小心地绕开他们准备收割干草的区域。

雨水非常频繁，似乎风也没有平时那么强劲了，小麦和燕麦长势喜人。

离收割的日子越来越近。只要现在的天气能再持续一段时间，庄稼就肯定能丰收了。

阿曼佐和劳拉看着天上的云，生怕再有冰雹。但愿不要这么倒霉。

日子一天天过去，并没有下冰雹。劳拉想，最终一切都会是公平的，富人在夏天得到冰，而穷人在冬天得到。她回过神来时，不禁大笑，但同时还是觉得喉咙发紧，紧张不安。她知道不能给自己这么大的压力，但是，能把庄稼顺利收回来并卖掉对于他们而言太重要了。这样，他们就能还清债务，不需要再支付利息，这个冬天他们就会好过很多。

最后，小麦开始灌浆，阿曼佐再次预测，每英亩能收获四十蒲式耳小麦。一天早晨，狂风从南方吹来，南风暖暖的，并不冷。中午前，吹过来的风更热了，风力也更强。热风整整刮了三天才停息。

第四天早上，一切归于寂静，小麦又干又黄。麦浆已被热风蒸干，麦粒干瘪收缩。虽然麦子还没有完全成熟，但是阿曼佐还是将割草机套在思琪普和巴纳姆身后，赶着它们把小麦和燕麦割了下来，并将它们当成干草堆起来，不脱粒，直接用来喂牲口，这样可以代替干草和谷物。

　　此后不久，又要开始收干草了，因为他们必须赶在其他人之前，割下学校用地上的干草。只要他们先割下来，这些干草就是他们的了。劳拉和玫瑰又来到了干草地。劳拉赶着拉割草机的马儿，阿曼佐将前一天下午割下的干草耙到一起。彼得帮阿曼佐一起收干草，他们这时雇了一个邻居家的男孩来帮忙放羊。他们收了很多干草，干草堆围住了羊棚四周，也围住了羊栏的三面，只有朝南的一侧没有草堆。

　　又到了 8 月 25 日，农耕的第三年也结束了。

第四年：儿子格雷斯出生

收完干草，他们便马上开始秋耕。农活非常繁重，即使有年轻马驹帮忙，思琪普和巴纳姆还是有点不堪重负。丘克斯和飞个头还小，拉车使不上多大的劲。它们只适合骑行。飞有时会反抗，给它套犁具时它就一阵狂踢。

一次，劳拉一边照看玫瑰，一边帮阿曼佐将马儿套到犁上，突然，她发现玫瑰不见了。她立即停下手里的活儿，迅速环顾畜栏，问道："阿曼佐，玫瑰呢？"

在四匹马的屁股后面，一只小手将飞的尾巴拉向一边，一张小脸从飞和它的尾巴间露出来。"我在这里！"玫瑰奶声奶气地答道。

现在，阿曼佐的手已经恢复得差不多，没有那么僵硬了，也许马上就能自己套皮带、扣扣子了。

晚上，马儿们都累极了。每天解开它们的马套时，劳拉都不忍心看，思琪普低垂着它那一向欢快的马头，巴纳姆那擅长跳跃的蹄子也静静地懒得动弹。

阿曼佐说他想再买些牛马，因为他打算再开垦六十英亩草地，再翻耕这现有的一百六十英亩土地，用于来年春天播种。

"但是三年已经过去了，你觉得我们成功了吗?"劳拉质疑地问道。

"我不知道，"阿曼佐回答，"情况没那么糟，当然，种的庄稼基本上都失败了，但我们现在已经有了四头奶牛和一些小牛，还有四匹马、一些马驹、机器、羊……只要我们能成功收获一茬庄稼，只要一次，我们的日子就会好起来。我们再试一年吧。来年可能是个丰收年，而且我们把一切都投到农耕上了，现在也没有钱从头开始其他营生。"

阿曼佐说得很有道理。除了农耕，好像也做不了别的。建房的五百美元欠款都还没还，劳拉对此很担心。买割捆机的钱也没付，利息偿还起来可不轻松。但是，也许阿曼佐是对的，如果他们能够时来运转，如果明年能丰收，他们的日子就会好起来。

阿曼佐买了两头身形庞大的达拉谟公牛。一头叫国王，全身红色，重达两千磅；一头叫公爵，身上带有红白相间的斑点，重达两千五百磅。它们像奶牛一样温顺，不久，劳拉帮忙套牛时就一点也不害怕它们了。但是，现在她帮忙套牛马时会把玫瑰关在屋子里。这两头公牛价格实惠，每头只花了二十五美元，而且它们非常健壮。现在，思琪普和巴纳姆退居小马的位置，干一些轻活，而大部分的体力活则由它们身边的这两头公牛来干。

秋耕很顺利，草地也在土地结冰前全部开垦完毕。其实现在时间已经不早，只是幸好今年的秋天比较暖和。

今年的冬天也一反常态，尽管天气很冷，有时也下雪，但是没有发生严厉的暴风雪。

小屋装有防风窗和防风门，前室的前门和东面的窗户之间放着无烟煤炉，屋内温暖而舒适。阿曼佐用板条把防风棚、夏日厨房的所有木板缝隙都封住了，所以即使冬天，做饭用的炉子也可以放在那里。前室里，桌子摆在食物储藏室的门口与卧室门口之间，彼得的简易床靠着西墙摆放，那里是原先放桌子的地方。窗台上的罐子里养着的天竺葵开花了，在冬日阳光和

室内热量的呵护下长得非常繁茂。

日子过得忙忙碌碌，但很快乐。劳拉忙着做家务和照顾玫瑰，玫瑰则专注于自己的小世界里的一切——图画书、字母积木，还有那满屋跑的小猫，也是忙得不亦乐乎。

彼得和阿曼佐大多数时间都在畜棚里照看牲口。畜棚呈长条状，一进门就是马儿们，再过去依次是公牛国王和公爵、奶牛和小牛，小鸡们则栖息在舒适的角落里，再往里面是羊棚，羊群在里面走来走去。

清理畜棚并把所有饲料槽都放满干草绝不是件轻松的活儿。此外，还要给马儿喂谷物，还得定期给它们刷洗。所有牲口每天都必须喂一次水。

天气好的时候，阿曼佐和彼得从田里的干草堆运回干草，用来喂牲口，并留一些在羊棚里的马车上，羊想吃时会自己去吃。

他们一般做完这些事后会再做些零星的杂务，但是，有一天下午他们却耽搁了。那天，他们赶着国王和公爵在深深的积雪里把干草往回拉。相比马儿，这两头公牛在积雪里行走更轻松些，但是它们走得比较慢，天已经黑了，阿曼佐和彼得还要走一英里才能到家。

这时开始下雪了。虽不是暴风雪，但是雪花又厚又密，风速不快，风向比较直。虽然他们不会有危险，但是赶着牛在一片漆黑中涉雪而行实在是不舒服。

然后，他们听到了一匹狼的叫声，接着是另一匹，之后又听到好几匹狼一起叫。近来，很少有狼袭击周围农户的消息，但有时还是能看到它们，时不时咬死一只走失的幼年家畜或企图进入羊棚。

"听声音像是往我们家的方向去的，好像它们在朝那个方向走，"阿曼佐说道，"它们会去羊棚吗？"

"劳拉千万别去那边。"彼得说道。但是，阿曼佐心里非常不踏实，他们奋力加快了脚步。

劳拉在家里很焦虑。晚饭马上就好，但通常阿曼佐和彼得在吃饭之前早回来了，还有时间干些晚上的杂活。这会儿他们早该到家，她担心发生了什么事。

玫瑰已经吃完晚饭睡着了，大黑狗尼罗看上去坐立不安。它时不时地抬起头来吠叫。

然后，劳拉听到了狼的叫声！狼又叫了一声，此后几匹狼同时嗥叫。之后，一时寂静无声。

劳拉感觉自己的心跳都停止了。这些狼会钻进羊棚吗？她

焦急地等着，侧耳倾听，但是什么也没听到，只有雪片打在窗户上的嗖嗖声——难道是羊在咩咩叫？

她要不要去羊棚看看？她犹豫不定，看了看熟睡中的玫瑰，心想玫瑰一个人在家应该没事。然后，劳拉穿上外衣，戴上防风帽，点了一盏灯带着大黑狗走入了屋外的黑暗和风暴中。

她疾步来到畜棚门前，打开门，立刻抓了一把五齿的干草叉。然后迅速关上门，走向羊棚，她举着灯想尽可能把每个角落都看个清楚。

尼罗在劳拉前面一路小跑，鼻子在空气中不停嗅探。劳拉来到了羊棚附近，却发现一点动静也没有，只有羊在里面不停地走来走去。并没有狼的踪迹或声音，回屋前，劳拉站在羊栏门口，最后一次竖起耳朵听，终于听到了一匹狼孤独的嗥叫声。但那声音已经朝着北面远去了。狼走了，一切平安，只有尼罗的喉间还在发出低声吠叫。直到回了屋，劳拉才缓过神来感觉到害怕。她发现自己的膝盖在不停发抖，于是马上坐了下来。

玫瑰还在熟睡中，阿曼佐和彼得不久也到家了。

"如果你看到了那些狼，你打算怎么做？"阿曼佐问道。

"当然是把它们赶走，所以我才拿着干草叉。"劳拉回答道。

十二月份，劳拉再次有了怀玫瑰时那种熟悉的、不舒服的感觉。屋里又闷又热，她觉得很难受。但是，不能因为她一个人而把其他人给冻着，她也还得给他们准备饭菜。所有家务必须继续做下去，而且也没人可以替她。

有一天，她特别沮丧，住在他们西面的单身汉驾车经过这里时停了下来，给她带来了一个装着东西的麻袋。劳拉打开门，把谢尔顿先生迎进屋。谢尔顿先生抓住麻袋底部，把里面的东西倒在了地板上。原来是一套平装本的韦弗利系列小说①。

"我想你可以看这些书来打发时间，"他说道，"不用急着看完！你想看到什么时候就看到什么时候！"劳拉高兴地叫了起来，谢尔顿先生开门出去，又迅速地关上门驾车离开了。现在，闷热的小屋似乎也一下子开阔了许多，劳拉读着沃尔特·斯科特先生的小说，随着勇猛的骑士和端庄的淑女们来到苏格兰的湖边和小溪边，来到城堡和塔楼里，来到华丽的大厅或凉亭里。

现在，看到食物或闻到食物的味道时，她也不那么难受了。她匆匆做完饭，然后继续回到书中的世界。看完所有这些书重新回到现实世界后，劳拉觉得自己已经好多了。

斯科特笔下的迷人场景和荒凉、寒冷的大草原上的小屋相

---

① 韦弗利系列小说，是欧洲曾风靡近一个世纪的小说系列，作者是"斯科特和丁尼生"中的诗人、小说家沃尔特·斯科特。

去甚远，但是，劳拉记住了书中提到的一些不可思议的事情和音乐，使剩余的寒冬岁月得以轻松度过。

那年的春天来得很早，天气也非常温暖。男人们在田间辛苦劳作，到了4月1日，大部分播种工作都已完成。第二天早晨，阳光和煦而温暖。彼得像平常一样将羊群赶到学校用地上去吃草，而阿曼佐去了田里。阿曼佐一个人套牛马还是有点费劲，所以劳拉会过来帮他，然后她再回去做自己的事。

不久，一阵风从西北方向吹来，起初风力还比较弱，随后逐渐增强。到了九点钟，田间尘土飞扬，阿曼佐已经看不清播种机上的标志。于是，他从田间返回，劳拉帮他解开机器，把牲口牵进了畜棚。

他们待在屋内，只听得风声越来越强劲，心里寻思着彼得怎么还不把羊赶回来。"才出去这么一会儿，不可能把羊赶到很远的地方，他肯定会把它们带回来的。"阿曼佐说道。田间厚厚的尘土被卷上云霄，他们透过窗户只能看清咫尺的距离。片刻之后，阿曼佐出门去寻找彼得和羊群，看看他是否需要帮助。

阿曼佐在距离畜棚约四百码的地方碰到了赶着羊群的彼得。彼得一手牵着马儿，怀里还抱着三只羔羊。他和牧羊犬走在前面，领着羊群往畜棚赶。羊群迎着风很难走，但是要回家就不

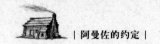

得不面对。羊毛还没有剪过，又长又重。这些羊真可怜，它们那瘦小的身体和纤细的腿承载着这么多蓬松的羊毛，迎着风时阻力很大。如果哪只羊稍微往边上走偏一点，风便会钻到羊毛下面，把羊整个掀翻，导致羊一次次摔倒，有时会连摔五六次才能站起来。有时风实在太大了，羊摔倒了就爬不起来，彼得只好把羊扶起来站好，使其朝着正确的方向，这样它就能在风里继续走了。他累得精疲力竭，牧羊犬和马都帮不上忙，所以这时阿曼佐来得正好。

他俩花了一个多小时才走完这四百码，把所有羊都带回了羊栏。

然后，他们回到屋内待着，任凭风在外面一个劲地吹。耳边尽是呼啸的风声。尽管门窗紧闭，还是有尘土钻入屋内，他们觉得眼睛和喉咙里都进了沙尘。

临近中午时，外面传来了敲门声，阿曼佐打开门，看到一个男人站在台阶上。

"我是想告诉你一声，你的车轮正在不停地转。"他说着挥手指了指畜棚的方向，然后跑向他的马车，爬了进去，继续赶路了。他的脸上黑黑的，都是灰尘，在他走了之后大家才认出他就是买走他们宅地的人。

劳拉笑得前仰后合。"你的车轮正在不停地转，"她说道，"这是什么意思？"劳拉和阿曼佐走进厨房，透过窗户往畜棚的方向望去，终于明白了是怎么回事。载着干草架的马车停在小屋和畜棚之间，风把它吹了起来，将它掀了个底朝天。马车压在了干草架上，四个轮子在半空中随风旋转。

午饭只随便吃了一点冷餐，大家都没什么胃口，而且这时生火做饭也不安全。

下午一点左右，劳拉坚信自己闻到了烧焦的味道，肯定是附近的大草原上着火了，但是，飞扬的尘土挡住了视线，他们看不到烟是从哪个方向冒出来的。

大风天很容易引发火灾，而大草原上的风会更强劲，足以将火焰吹向更远处，点着更多的草地，所以火焰前移的速度比通常情况快得多。阿曼佐和彼得赶往火源，试图保住即将被吞没的一大堆干草。他们骑着马飞奔到草堆跟前，纵身下马，此时火焰正好点燃了草堆的一侧。两人各拿着一个浸湿的麻袋，急忙爬上草堆，顺势滑下去，奋力把脚下的、草堆周围的火扑灭，让火离草堆远了一点点。最终，他们把火焰从草堆的两侧引向别处，干草堆、阿曼佐、彼得和马儿们都安然无恙。马儿们背对着干草堆的方向站着，以保持呼吸顺畅。

下午两点左右，风势达到鼎盛，之后逐渐减弱，最终于日落时分停息，一切重归寂静。

玫瑰睡着了，一脸的倦容，流出的汗液在她那落满灰尘的小脸蛋上画出一道道痕迹。劳拉精疲力竭，感觉整个人都快瘫了，阿曼佐和彼得去了畜棚，以确保牲口们晚上能够一切平安，他们拖着沉重的脚步，像老人一样。

后来他们才知道，大草原上着火时，风速为每小时六十五英里，熊熊大火越过了防火带。因为风卷起了火焰，火焰飞跃而起，越过了防火带，点燃了更远处的草地。就这样，大火飞快地奔向前方，落后的火焰则马上被大风吹灭，就像蜡烛被吹灭一样。

那些有防火带围绕的房屋和畜棚都被烧毁了，牲口也被烧死了。离草地一百码的地方，一片犁过的田里停着一辆木制的马拉车。车上装着麦种，主人似乎是在大风来临时匆匆逃走，把它留在了那里。当他再次回来，除了马车上的铁片，其他的都荡然无存。一切都被烧毁了。

风太大了，这种情况下想要扑灭这样一场大火根本是回天乏术。

狂风席卷而去，直到河边才随着日落一起停息，大草原上留下一片焦黑。风停的地方距离风起之处足有五十至一百英里。

麦种不是被吹走，就是随着被掀起的土落在了田地的边缘处，他们不得不重新播种。

于是，阿曼佐从镇上的粮仓买了更多小麦和燕麦的种子，最终完成了播种。

然后，他们剪了羊毛，卖得还不错，一下子振奋了所有人的士气。平均每头羊身上剪了十磅羊毛，每磅羊毛卖到二十五美分。买羊的钱都挣回来了，并且每头羊还净赚五十美分。五月底，母羊纷纷下崽，不少羊生的是两胎，因此羊群数量翻了一倍都不止。产羊羔的那段时间，他们日日夜夜忙个不停，因为母羊和羊羔都必须有人照看。其中有五头母羊不能或不愿意照顾自己的羊羔，他们把这五只羊羔带进了小屋，给它们取暖，并用奶瓶给它们喂奶，亲手抚养。

现在，玫瑰一直待在畜栏里玩耍，粉红色的小太阳帽四处跳动，劳拉的视线一直跟着她。

一次，玫瑰掉进了水泵出水口下方的水桶里，在那儿不停挣扎，还好劳拉及时看到；水顺着她的脸和张开的手指往下流，玫瑰一声没哭，只是说了一句："我想去睡觉了。"

一天下午，给玫瑰梳洗完毕穿上干净衣服后不久，劳拉就听到玫瑰尖叫般的笑声，于是走到门口，看到玫瑰正从畜棚往

回跑。"哦——"玫瑰叫道,"巴纳姆刚才就像这个样子。"她一下子躺到尘土飞扬的路上,晃动着手臂和腿,在地上不停地打滚。这情景滑稽极了,尽管她弄脏了衣服,脸上、手上、头发上都是土,但劳拉还是忍不住笑了起来。

又有一次,劳拉发现玫瑰不在院子里,于是惊慌地跑到畜棚门口。她看到巴纳姆正躺在畜栏里,而玫瑰就坐在它边上,用脚后跟轻轻地踢着它的肚子。

巴纳姆小心地抬起头,以保持身体不动,它看着劳拉。劳拉看到巴纳姆的一只眼睛眨了一下。

此后,劳拉对玫瑰看得更紧了,但是,外面春光如此美好,她又怎么忍心一直把玫瑰关在屋子里呢。因此,她必须一边做事,一边时不时地透过门窗看看玫瑰的动向。

又有一次,劳拉看到玫瑰差点出事。她跑出去玩,回来时经过畜棚拐角,此时,凯尔派——丘克斯最近产下的小马驹也正跑向这个拐角,后面跟着另一头小马驹苏珊。凯尔派发现玫瑰时,已经来不及转向或停止,于是用力绷紧肌肉,从玫瑰头顶跨了过去,后面的苏珊平时就老爱学凯尔派的样子,所以也跟着从玫瑰头顶漂亮地跨过。

劳拉目睹了这一切,一把抱起玫瑰,回了屋。玫瑰一点儿

也没觉得害怕，而劳拉却被吓得魂飞魄散。她要如何兼顾家务活和照顾玫瑰呢？有那么多事情要做，却只有她一个人。她恨透了这农场和这些牲口，还有气味难闻的羊羔，也恨透了做饭和清洗那些脏碟子。她恨这一切，尤其是那些必须偿还的债务。

然而，玫瑰并没有受伤，她正忙着找奶瓶喂羊羔。劳拉也平静了下来，一直没完没了地抱怨并没有用。她那天读的故事里的人物是怎么说的来着？"轮子不停转动，位于轮子最高点的苍蝇不久也会被带到最低处。"可是，她现在一点也不关心苍蝇会怎么样，她打心里希望位于底部的人能够向上爬一点。她累极了，再也不想指望时来运转。她不关心阿曼佐说了什么，她觉得农民还是处于生活的最底层。只要天气不理想，他们便一无所有；但不管他们收成如何，他们都必须支付利息和税收，让镇上的商人获利。为了生存，农民必须向他们购买物资。还有那张阿曼佐向银行借钱买麦种的欠条。风暴过后，他们必须重新播种。他每个月要为此支付百分之三的利息。可以用卖羊毛所得的钱还欠款啊，毕竟利息这么高。但是，没有了这笔钱，他们这个夏天的生活费就没有着落。劳拉想着这些时，感觉头晕目眩。

他们付得起这些钱吗？他们卖羊毛分得的利润是 125 美元，

那张欠条是多少钱来着？每英亩需要 1 蒲式耳麦种，而每蒲式耳麦种的价格是 1 美元，总共需要 100 美元。另外，60 英亩的燕麦种要按每英亩 2 蒲式耳来计算，总共是 120 蒲式耳，每蒲式耳燕麦种的价格是 42 美分，因此，总共需要 50.40 美元。加上 100 美元小麦种，那张欠条至少得有 150.40 美元。

卖麦子的价格和购买麦种的价格之间似乎相差很多，阿曼佐说，这里还包括运费和进出粮仓的费用。即使是这样，似乎也不太公平。

不管怎样，他们应该尽快还清欠银行的钱。如果实在还不出，他们可以到杂货店买一本代金券，利息为每月百分之二。这种代金券的小本子有 25 美元和 50 美元两种，每张代金券的票面价值从 25 美分到 5 美元不等。商人们能这么做真是太好了。这很方便，而且利息比银行低些。他们还从未买过这些代金券，她也希望他们永远不必买这个。不知为何，她觉得这比欠银行钱还要伤自尊。但是这么做可以省下百分之一的利息呢，所以就顾不得自尊了。她不想再考虑这些事。如果阿曼佐觉得这样好，他会这么做的。这是他要解决的事，而且他看起来并不担心。

刚入夏，就没再下雨了，庄稼开始忍受干旱之苦。每天早

晨，阿曼佐去干活前都会焦急地察看有没有下雨的征兆。

这时，热风起了。每天，狂风都从南面吹来。劳拉觉得这就像她在烘焙日打开炉门时喷在脸颊上的热气一样。热风刮了整整一周才停息，小麦和燕麦的幼苗都干死了。

十英亩的树也几乎都死了。阿曼佐认为他们不可能再重新种树，此时种的树已没法在法律规定的年限里长大 。

现在，用十英亩的树林来证明他可以获得树林产权的时候到了，但是他没有了树林。要保住这片土地只有一个办法——他可以申请优先购买权。这样，他必须在六个月内证明他有能力购买产权，即每英亩向美国政府支付 1.25 美元。连续居住的证明应该没问题，因为他们已经住在这里了。但是，六个月后要拿出这两百美元现金，实在很困难。但是，已经没有其他办法了。如果阿曼佐不去申请这块地，别人就会得到，因为这片地将回到政府手里，供其他人登记。

所以，阿曼佐凭借优先购买权买了这块地。这样有一个好处：阿曼佐再也不需要到树林里干活了。零星有些树活了下来，阿曼佐用畜棚里的粪肥和秸秆为它们做了护根。这样可以保持树根部位的土壤水分，有利于小树生长。食物储藏室窗外的那棵三叶杨，由于位于小屋的北面，没有完全暴露于热风或太阳暴晒下，因此并没有受干旱的影响，长得还不错。劳拉在宽阔的操作台前准备食物或者在这里洗碟子时，看着窗外绿色的枝条随风摇曳，心里十分欢喜。

热风过后并未降雨，但空中总是出现风暴云，然后又慢慢散去。这是飓风天气的前兆。

一个异常闷热的下午，阿曼佐去了镇上，彼得也去照看羊群了。劳拉做完家务后带着玫瑰来到院子里。玫瑰在小屋背阴面的三叶杨树下玩，劳拉则冷冷地看着天上的云。与其说是害怕，还不如说是习以为常。经历了这么多，她已经毫不畏惧危险的风暴了。

早晨，风从南面吹来，风力很强，但随后便停息了，现在，劳拉看见云层在北面的天空慢慢堆积。乌云翻滚着，然后变成黑压压的一片。起风了，强劲的风从南面吹来，劳拉看到那可怕的漏斗形龙卷风的底部从黑色天幕直指地面。一道绿色的闪电划过，劳拉和玫瑰赶紧往屋里跑。劳拉迅速关上所有门窗，然后跑进食物储藏室，透过窗户再次看了一下风暴的情形。

漏斗底部已触及地面，尘土都被扬了起来，不断上升。大漏斗经过一片刚开垦过的田地，一条条草皮被卷起来，消失不见了。然后，它又碰到了一个堆放多时的干草堆，草堆瞬间就

不见了。漏斗正朝着他们小屋的方向过来。劳拉打开食物储藏室里的地窖门，迅速把玫瑰带进了地窖，然后关上了地窖门。劳拉在黑暗中摸索，然后缩进一个角落，把玫瑰紧紧地抱在怀里，听着头顶上方龙卷风的呼啸声，觉得小屋随时就要被掀起卷走了。

然而，什么也没有发生。漫长的等待之后（事实上也就几分钟而已），她听到阿曼佐在叫她们。

劳拉打开地窖的门，抱着玫瑰走了上来。阿曼佐就在院子里，站在马儿边上，看着风暴向东而去，此刻正位于他们北面不足四分之一英里的地方。龙卷风继续卷走房子和干草堆，干涸的大地只等来淅淅沥沥的一点小雨。当时，阿曼佐还在镇上，看到风暴云后立刻往回赶，一心想要陪在劳拉和玫瑰的身边。

飓风过去了，但是天气仍然又热又干燥，8月5日那天特别热。

下午，阿曼佐让彼得去把劳拉的妈妈接过来。下午四点，他再次请彼得去镇上一趟，这次是要快马加鞭去请医生。但是，还没等到医生来，他们的儿子就出生了。

劳拉觉得这个孩子很棒，但很奇怪，她最爱的还是玫瑰。为了让劳拉静养，他们把玫瑰从她身边带走了，并雇了一个女孩照看她。但是，这个女孩并不十分尽责。劳拉坚持让女孩把玫瑰带进来，玫瑰过来看着她的小弟弟，一脸害羞的样子，她自己也还带着一张圆圆的娃娃脸呢。

劳拉休息得很好，很快便开始闲不住，特别渴望聆听外界的声音，了解外面发生的事。

一天，彼得走到卧室门口和劳拉道早安。他的帽圈上粘了一根长长的羽毛，羽毛在他那慈厚的脸部上方摆动时，看起来非常滑稽，劳拉忍不住笑了起来。

然后，她听到彼得对他的马儿说话，并叫唤他的狗，于是她知道他马上要赶着羊群出去了。彼得口中唱道：

> 哦，我的天！她是多么美啊！
>
> 哎呀，她的名字太美了！
>
> 哦！爱她是我的责任，
>
> 我美丽的、粉嘟嘟的
>
> 小珍妮·洁鲁夏·简。

彼得和羊群在歌声里越走越远，一直要到晚上才回来。

然后，她听到玫瑰正在和她的宠物羊羔玩耍。这些羊羔长

得很大了，其中三只已经回归羊群，剩下两只最小的仍然养在后门和羊栏中间的地方。它们常常把玫瑰推倒，但这只是在玩耍而已。然后，她听到玫瑰向雇来的女孩要面包和黄油吃，却被她蛮横地拒绝了，劳拉对此忍无可忍。她躺在床上叫她们进来，为玫瑰主持了公道。

劳拉觉得她必须赶快好起来。玫瑰不该遭到任何雇用女孩如此吝啬的对待。此外，他们每周还得付她五美元的工资呢。这事必须尽快结束，因为马上就要到他们支付欠款的时间了。

他们的儿子死于肌痉挛，医生赶来的时候已经太晚了。三周后，劳拉便开始自己干活了。

不幸发生后，劳拉觉得日子一团糟。她已经麻木了，只想好好休息，什么事都不去想。

但是，这些活儿还是必须得做。又到了收干草的时间，她得为阿曼佐、彼得和牧羊男孩做饭。她必须照顾玫瑰，还有无数零零碎碎的活儿要干。

今年大旱，大草原上的草长得也不好，因此，干草供不应求。现在，他们的羊、牛、马的数量都增加了，需要更多的干草才行，但是今年干草却变少了。

一周后，阿曼佐和彼得到离家两英里的地方去收干草。劳拉点燃厨房的炉子开始做晚饭。当时是夏季，他们用年久、坚硬而且特别长的干乱子草做燃料，阿曼佐抱了一大捆到厨房，放在了炉子附近。

点着炉火、把茶壶放在上面后，劳拉关上厨房的门，回到了小屋的另一边。

几分钟后，她再过来一看，发现整个厨房都烧起来了：天花板、干草、脚下的地板还有后面的墙。

和往常一样，依然有狂风从南面吹来，邻居赶来帮忙时，熊熊大火已经吞噬了整幢房子。

阿曼佐和彼得看到着火了，驾着拉干草的马车急速往回赶。

劳拉提了一桶水试图扑灭干草上的火，当意识到自己根本无力打来更多水灭火时，她到卧室拿出装有契据的盒子，拉着玫瑰跑了出来，无力地坐在屋前的半圆形车道上。她把脸埋在膝盖里，尖叫着，呜咽着，一遍一遍地说："阿曼佐回来了得怎么说我？"就在房顶快要塌下来的时候，阿曼佐找到了她们母女俩。

邻居们都尽力了，但是火势太猛，他们根本进不了屋。

谢尔顿先生从食物储藏室的窗户爬进去，把所有碟子都朝那棵三叶杨树的树干方向扔了出来，因此保住了他们的新婚

礼物——银制刀叉和勺子完好如初。从大火中抢救出来的只有装着契据的盒子、一些工作服、婚后第一个圣诞节礼物中的三个调料碟以及那个椭圆形的玻璃面包盘，面包盘的边缘上写着"请在今日赐予我们食物"的字样。

那棵三叶杨树站在敞开的地窖洞口边上，由于经过大火炙烤，这棵树也死了，周身焦黑。

大火过后，劳拉和玫瑰到她爸爸家过了几天。劳拉的头顶因为被火烫到而起了水泡，她的眼睛也很不舒服。医生说火焰的热量灼伤了神经，所以她得在娘家休养一阵子，到了周末，阿曼佐再来看她。

谢尔顿先生需要一个管家，他腾出了一个房间让阿曼佐和劳拉住，他们也可以用他的家具，只需要照顾他们哥俩的伙食就行。现在，劳拉忙得没有时间发愁，收干草的活儿还要继续，她还得照顾三个男人，以及彼得和玫瑰。此外，阿曼佐和彼得在他们的小屋废墟附近盖了一幢长条形的棚屋，设有三个并排的房间。墙身只有一块板的厚度，外面蒙上了焦油纸，但是棚屋盖得很牢固，而且全是新的，所以里面又舒适又暖和。

他们的新房子建好并搬进去之后，已经是九月了，晚上越来越冷。不知不觉，8 月 25 日已经过去，他们的儿子格雷斯出

生以及不幸夭折的一年也结束了。

农耕成功了吗？

"这要看你怎么想了。"当劳拉提出这个问题时，阿曼佐是这样回答她的。

他们遭遇了一系列厄运，但是，即使不是农民，也会有运气不好的时候。既然干旱季节已经持续了这么久，明年肯定是个丰收年。

现在，他们已经有了很多牲口。两匹最大的马驹春天就可以卖了。新来的移民肯定会来买的，还有些马驹不久就要出生了。那几头小公牛也可以卖了，每头能卖到十二到十三美元。

还有那些羊，羊群的数量在去年的基础上翻了一倍，他们可以卖掉一些羊羔和那六头老羊。

他们盖这幢新房子时比较节约，省下的钱都用于购买土地的所有权。

也许，羊群带来的好运就是答案所在。"一切都会好起来的，只需时机合适，等着瞧吧。"阿曼佐动身前往畜棚时这样说道。

劳拉看着他的背影，心想：是的，时机一到，一切都是公平的，富人在夏天得到冰，而穷人在冬天得到，我们很快就会得到我们的那份。

冬天马上就要到了, 他们在小屋的废墟边从头开始。他们的财产只能勉强平衡债务。如果他们能够筹到两百美元, 这片土地就是他们的了, 不管怎样, 阿曼佐觉得他是能够做到的。

农耕要获得成功, 他们还得继续战斗, 此时, 她觉得自己充满了斗志, 这种感觉很奇妙。

农民的乐观精神简直是无药可救。他们每年春天都把种子撒进土壤, 和大自然来一场赌博, 似乎永远也摆脱不了那些拓荒祖先的信条——"最好再向前迈进一点"。只是, 他们现在不是在空间上往西部再迈进一点, 而是在时间上年复一年, 坚持不懈。

劳拉还是那个充满拓荒精神的女孩, 她能理解阿曼佐对土地的热爱。

"好吧,"劳拉叹了口气, 用她妈妈的一句话来总结自己的想法,"我们永远都会是农民, 这是生而注定的。"

劳拉笑了, 她听到阿曼佐从畜棚回来, 一路唱着歌:

你说起澳大利亚的矿产,

没错, 那儿无疑有着巨大的财富;

但是啊，农场上有金子呢，男孩们——

只要你们能把它挖出来。

阿曼佐在他们婚后第一个圣诞节买的那个椭圆形玻璃面包盘在大火中得以幸存，人们在玫瑰·怀德·莱恩的遗物中找到了它。它现在就摆放于密苏里州曼斯菲尔德的劳拉·英格斯·怀德故居中，供游客参观。